岁月很长，
不必慌张

心柔 著

中国华侨出版社
北京

图书在版编目（CIP）数据

岁月很长，不必慌张 / 心柔著 .—北京：中国华侨出版社，2018.3

ISBN 978-7-5113-7425-7

Ⅰ.①岁… Ⅱ.①心… Ⅲ.①散文集－中国－当代 Ⅳ.① I267

中国版本图书馆 CIP 数据核字（2018）第 020447 号

岁月很长，不必慌张

著　　者 / 心　柔
责任编辑 / 嘉　嘉
责任校对 / 志　刚
经　　销 / 新华书店
开　　本 / 880 毫米 ×1230 毫米　1/32　印张 /8　字数 /201 千字
印　　刷 / 北京溢漾印刷有限公司
版　　次 / 2018 年 3 月第 1 版　2018 年 3 月第 1 次印刷
书　　号 / ISBN 978-7-5113-7425-7
定　　价 / 32.00 元

中国华侨出版社　北京市朝阳区静安里 26 号通成达大厦 3 层　邮编：100028
法律顾问：陈鹰律师事务所
编辑部：（010）64443056　　64443979
发行部：（010）64443051　　传真：（010）64439708
网　　址：www.oveaschin.com
E-mail：oveaschin@sina.com

— 自序 —

时光且长，一切都来得及

有人说，人生，是一场修行，也有人说，人生，是一段旅程。而我却觉得，人生，是一场追求，也是一场领悟。

平淡的日子里，安静，简单，没有起伏，没有波澜。有的只是一种安宁，一种重复，一种寂静。无论时光如何流逝，无论季节怎样变化，一如平常，安然于自己的生活，忙碌于自己的工作，坚持于自己喜欢做的事情，无论从何时起步，都不算晚。

梦想就像天上的星星，也许你永远都无法触碰，但如果你跟随它们，它们将引领你找到最正确的方向。对信任你的人，永远别撒谎。对你撒谎的人，永远别太相信。有时候，失望到一定程度后，反而会开出一朵花来，那朵花的名字叫，无所谓。

人生最美好的，就是在你停止生存时，还能够以你所创造的一切为人们服务。你在等待，你在坚忍，你在静默。你在等一场春华秋实，你在等新一轮的春暖花开，你在等从未有过的雷霆万钧。这静默的日子有些长，有些闷，但是我也会等下去。我相信人的青春不止有一次，有时候，时光会给你额外的惊喜。

一直认为，这世上最公平的，就是时间。别人偷不走，你也留不住。你拥有它，却又无法改变它。一路走来，你留在光阴里的艰难抑或快乐，都会随着时光的流逝被一一带走，身处其中的你我，无论是年轻还是衰老，所能做的，都只有充分的利用和享受它。

想要过好每一天，不如先让今天充实。毕竟，那看似漫长的岁月，都是由无数个"今天"堆砌而成。岁月是种轮回，人生是种历练。我一直这样提醒自己，让自己明白生活不需要太多的刻意。很多时候，我们都在不知不觉刻意人生，勉强生活，为的就是满足一份来自内心深处的虚荣。走在自己的路上，眼里却是别人路上的风景。直至有一天，后来者怀抱五彩鲜花，经过自己身旁时，羡慕之余才发现，一路匆忙，只顾观望他山之巅，却忽略了自己路上的满地鲜花。

也许，此刻的你，正经历着某种辛酸，一路风雨兼程地赶来，却尽在一片黑暗中摸索，等待着云开见月明。然而，只要你心中有信念，就要相信，寒夜终有时，太阳总会升。伤心失望的日子，你可能暂时无力改变现状，但你却可以选择自己的态度。或是悲观消极，或是笑容浅露。同一条路上的行人，有人哭泣也有人欢笑，最后都将抵达不一样的彼岸，就看你选择的是哪一种。

每个人都是独立的个体，期待走不一样的人生路，收获不一样的生命色彩。倘若人生可以重来一次，亦不过是多了一场山长水阔，沿途的风景，依旧有枯荣；一路的悲喜，依旧似风雨。无论你选择的是哪一条路，阴晴圆缺，苦乐交融，都是必不可少的烟火。有些路，你若不坚持走下去，你就永远不知道它到底有多美。

天空不总是晴朗，阳光不总是闪耀，人生，无所谓失去，只怕草率地挥霍。世界上，唯独骗不了的，就是自己的心。它总在你毫无提防时，暴露你的欢喜忧愁。对太多的事情，寄予美好的期待，却是一再不尽人意。那些无心插柳随意而为的事情，反而更容易带给人意想不到的惊喜。人生犹如变化着的四季，途经每一季，都会有着不同的色彩。来去匆匆，变化无常。我们在创造自己人生的同时，也应该充分享受这人生。

　　美好的，留在心底；遗憾的，随风散去。尽管，还有那么多梦想无法实现；尽管，还有那么多沮丧埋在心田。但那又如何？我在汹涌的深海，寻找希望的缺口，却在惊醒时，瞥见绝美的阳光。

　　纷繁的尘世，给不起我想要的纯简，飞扬的烟尘仿佛无孔不入。而只有无声的文字，它最能解读我的内心世界，而那个游走在音乐与文字中的灵魂，才是最轻松欢愉的自我本真。

　　昨天的故事，余下的只有回忆；明天的故事，却是你我崭新的梦！

　　或许，越是遥远的路途，越是需要平和的心态。烦时，静一静；急时，缓一缓。看淡，心境才会秀丽；看开，心情才会明媚。静水，才能流深；宁静，方能致远。

　　一直觉得，人生就像是培育种子。你投入的每一分努力，都会在未来的某一天，回馈于你。而你所要做的，就是每天多努力一点点。在这路上，别人拥有的，不必羡慕；自己没有的，不要失落。相信，只要努力,时间都会给你。

潮起潮落,月缺月又圆;沧海桑田,春去春又归。任时光流转,我独倚幽窗,随清风曼舞,与花草凝眸;斟一壶清茶,剪一段时光;执一支素笔,墨我心如初。

喝几盏新茶,看一场老戏。于春花秋月间,淡看岁月流转;就云水禅心下,静默诗和远方。人生,总要有最朴实的生活和最遥远的梦想,哪怕天寒地冻,路遥马亡,只要信念不变,初心依旧。

相信最好的,总会在你不经意的时候出现。活在当下,岁月还长,不必慌张,相信,只要努力,一切都还来得及。

目录 contents

01 / 时光知味

003　不念过去 不畏将来
006　不是所有失去 都是生命的遗憾
009　不要艳羡他人 不要输掉自己
012　放空心灵 海阔天空
015　时间 是最好的沉淀
018　持一份从容 享岁月静好
020　简单 是最大的快乐
023　眼宽容景 心宽容事
026　讷言敏行 是最好的修养
029　目中有人才有路 心中有爱才有度
032　握一缕阳光 染一指花香
035　心如大海无边际 广植净莲养身心

037　人生百态 品行为上
042　人生如日落
046　沉默的朋友最真

02 / 素颜修行

051　以最朴素的生活 铸就最遥远的梦想
054　做喜欢的自己 不迎合不媚俗
057　梦想 是一场注定孤独的旅行
060　初始维艰 坚持方成
063　人生无绝路 希望在转角
066　性格决定命运
070　做一个精致的女人 从容优雅
073　将心比心
076　不殆时间 不负自己
079　遇见最美的自己

03 草木皆禅

- 085　沉静 禅定
- 087　心清则静 心静自宁
- 090　心灵 一定要以善良为本
- 093　任时光流转 我心如初
- 095　任岁月变迁 我心不惊
- 098　人生的每一刻 都在为自己的明天铺路
- 100　经年放不下的执念 未必值得心心念念
- 102　人在旅途 且行且珍惜

04 执手天长

- 107　陌上花开 独为你倾心
- 110　爱你如水 才是永恒
- 113　喜欢是一种心情 而爱是一种深情

116　你许我一生一世 我应你有生之年
119　想给你一个拥抱 让全世界都知道
122　在一起 奢侈的幸福
124　天光乍破遇 暮雪白头老
127　问世间情为何物 不过是一物降一物
130　相逢在花开的季节 馨香盈袖
132　爱 是一种经历
135　繁华一瞬 终成过往
137　你只是恰好长了我喜欢的模样

05 / 今生来世

145　流星陨落 思念划破长空
152　想念 是会呼吸的痛
155　最深的思念
159　最是相思结难解
162　时光知味 过往难寻

166	经年以后 我才懂得
172	关爱空巢老人 勿令独居
175	花谢花会开 只要春来到
179	成长 是岁月行间的疼痛
183	但愿人常在 人间更吉祥
186	相思的渡口 我静待来世
189	回忆 旧时光
197	回忆 是乘风而来的落叶
203	端午 怀念那凉糕的味道
206	无尽的思念
210	来世有缘 不离不弃
214	孝敬父母 是最大的行善
217	读懂父亲的期待
223	回家过年
227	对待孩子 切莫知爱而不知教
234	周全监护 尤其对待女儿
239	一个虎妈的清晨

01　时光知味

— 不念过去 不畏将来 —

  人生最大的悲哀，就是对自己已经拥有的东西，总是难以感知，却对已经失去的，和那些没有得到的，念念不忘。人们常说，失去后才会懂得珍惜。我却觉得，人生有很多东西，只要曾经拥有，何在乎一定要天长地久。珍惜，就应该在拥有之时。哪怕稍纵即逝，至少用心相待，就算他日过往不再，心中亦是不落愧疚。

  无愧，无欠，何尝不是对自己的一种善待？

  人生，无论走到生命的哪一个阶段，都应该去喜欢当下这段时光。生命行径的每一程，都有其独特的风采；脚步踏上的每一段，都有其岁月的色彩。顺生而行，不沉迷于过去，不懈怠于当下，不戚戚于未来，如此，甚好。

  是花，绽放别样的姿色；是云，舒展别样的身腰；是风，低吟自由的心事；是雨，浅唱生命的洗礼。昨日的太阳，晒不干今日的衣裳，明日的风雨，岂知不是一场华丽的盛宴。勿让浮云遮望眼，切莫遗憾度余生。

过去，是旧时光的留影，仿佛是一张张老照片，泛着黄，却又记录着点滴。摸得着，却回不去。所幸，那些失散的人，总有一天会在林下重逢；那些错过的事，终会以另一种方式补偿；世事洪荒，苍茫万里，走过了，便山青水静，云淡风轻。

一生匆忙几十载，青春韶华弹指间，生命哪有那么多时间，交付于那些已经回不去的过往。你自顾沉浸，时光却与你擦肩而过，将你抛掷身后，随你追与不追，它都一往无前。

未来，是一幅等你来描绘的蓝图。你可以肆无忌惮地做梦，也可以若无其事地孤独。山高水长，任由你踏花拾锦年；天高云淡，且凭你枕梦寻安好。风雨飘摇，可作乘舟破浪；奔波流离，亦可当生命的朝圣。一切，何畏之有？

更为重要的，是稍纵即逝的当下。每一个今天，都是此后你最为年轻的日子。虽然比起人的一生，一天的光景，短暂的就像昙花一现，但只要你用心走过，纵然一刻，也是良辰美景。

每一个过去，都是由当下的今天编织而成；每一个将来，亦是由一个个今天才抵达彼岸。有些人，无须寻找，依旧还在灯火阑珊处；有些人，想要挽留，但轻舟已过万重山。今日，你在怀念中念起别人的名字，他日，别人亦将为你贴上怀念的标签。我们能做的，就是不念过去，不畏将来。在光影如波中，随生命绽放；在倦鸟归巢时，伴日落烟霞。

无论你念或不念，过去的，终究已成过去；不管你是否做好准备，今天已在你后知后觉的忽略中，去奔赴明天的日出晨曦。

岁月变迁，起落浮沉，皆是人生寻常，谁都要经历过生活的磨砺才会成长。不把世相百态睹尽，不把苦辣酸甜尝遍，匆忙一世，岂不辜负？

年月深长,草木依旧长青;浮世清欢,你我却不再年轻。如水良辰,且让我们温一壶白月光,从容观日落星移,欣然随春去冬来。不念过去,不畏将来,且以当下,伴你风流岁序,共我明月长情。

— 不是所有失去 都是生命的遗憾 —

人的一生当中，会经历很多失去，人们总是苦苦求得，却不知道，塞翁失马，焉知非福。很多时候，失去，并不意味着遗憾。

人们总是习惯，把得不到的东西当成是最好的，拥有的东西总是被遗弃在不经意间，殊不知那也曾一度就是自己苦苦追求的成果。而那些已经失去的东西，却在岁月的与日俱增下，越发的撩人渴望。

其实，得与失本身就无法分离，凡事有利就有弊，得中亦有失，只不过你所在意的着重点不同，才会看不清而已。

人生每当得到的时候，渴望就不再是渴望了，渴望变成了满足，同时也失去了一份期望；每当失去的时候，拥有就不再是拥有了，而是变成了心情的失落，与此同时，又多了一份对昔日的怀念。

当昨日渐远，或许也会突然发现，那些曾经以为绝不能没有的东西，不过只是生命中的一块跳板而已。跳过了，人生将会收获另一番景象；怯懦了，生命也依然会随着时光的推移而前行，只不过，景致会有所不同。

很多时候，人在跳板上，最难的，不是你跳下来之后如何面对未来的路途，而是在跳下来之前，内心的犹豫、挣扎和患得患失的那份焦灼。是自己顾虑的太多，才会步履蹒跚。倘若能以一颗平常心相待，遇缺也是圆。

打开不一样的窗，就会看到不一样的风景；拥有不一样的视野，就会收获不一样的心境。人活一世，不可能得到全世界，也不可能失去全世界。属于自己的，不求亦得；不属于自己的，求亦不得。所以，不强求，不妄取，贵在随缘。

一直觉得，生活中，我们最大的敌人，就是自己。墙在自己心里，门也在自己心里。得失不过一念之间，爱恨不过一步之遥。你过得是否快乐，更多时候，取决于自己对待生活和人生的态度。

最自在勇敢的，莫过于那花开花谢，云卷云舒，不管花开是否惊艳，花落是否怅然，都会义无反顾；不论云卷是否寂寥，云舒是否明媚，依旧性情怡然。一念舍得，一念放下，一切，犹自心定。倘若有了离意，懂了心思，不妨用时间矫正思想，用信念迎接未来。相信世间，不是所有的失去，都成遗憾，或许是另一番山水。

漫漫人生，有时候需要一个人静心、修心。倘若入境，无须知音，亦能感动自己。乱世红尘，有多少人为了求之不得，得难长久而迷失方向。一生奔波追逐，只是因为害怕失去，只是想要得到更多。却不想当有一天，人生所求抵达至境，什么都不缺了，竟也会觉得怅惘难言，感觉人生突然就少了诸多奋进的力量，物极必反。

人生本就是一个吐故纳新的过程。曾经的过往，就如同车窗外的风雨，不能因为惧怕淋湿，就只坐在车里。温室里的花朵，永远无法感受温室外的海阔天空。害怕失去的，不过是一个久成于生命的习惯，却不知与此同时，也失去了蓝天白云，阳光雨露。

因为得到过，所以便懂得拥有的幸福；因为失去过，所以才明白珍惜的重要。淡然花开的喜悦，也忘记花落的叹息，安静，亦超然。

— 不要艳羡他人 不要输掉自己 —

这世上，总有人把人生当成战场，不是羡慕，就是忌妒；不是攀比，就是竞争。总是想要争出胜负，还美其名曰为要强，其实不过虚荣。水满则溢，月盈则亏，殊不知有失就有得，无论是什么，追求过头，都会物极必反，得不偿失。

每个人都是这世上独一无二的个体。山有山的高度，水有水的深度，每一枝花儿都有其不一样的风骨，又何必盲目去对比。不要把他人追逐的理想变成自己的目标，走在人生这条蜿蜒曲折的道路上，你只管努力就好，时间自会给你最好的安排。

当你还可以给予时，请不要吝啬，当你还可以努力时，就不要轻言放弃。就算你主动停止了尝试，也没有什么事情会因为你停滞的脚步而结束它本身的存在。

人心如水，静则澄澈。但行好事，莫问前程。以一颗平常心，做自己无愧于心的付出，相信那些流过的汗水，总有一天会闪耀出炫目的光芒。与其羡慕，不如努力，与其忌妒，不如自省。同样是一件事情，别人用坚定不移的拼搏换取行程，而自己又付出了多少？

善良的人，将对别人的羡慕转变成激发自己的动力，鞭策前行；善妒的人，却将别人的光环当作刺眼的光芒，愤恨于心。你花去了大半的时间，去艳羡他人，浪费的，却是自己前进的宝贵时间。阴暗了内心，也徒增了烦恼。

性格决定命运，心态决定格局。倘若你用单纯的眼睛看待人生，你将会少许多莫名的烦恼；如果你用幸福的脚步丈量生活，你的步履便觉轻盈洒脱；假如你用感恩的心面对曾帮助过你的人，你就会觉得人间处处有温情；尝试用欣赏的眼光去看待比你优秀的人，你就能参透每一份成功背后的不容易。

人生，总有许多沟坎要跨越；岁月，总有许多理想要追逐；生命，总有许多空缺要弥补。允许自己输了进度，却不能彻底输掉自己。人的一生，重要的不是输赢，而是有没有得到自己真正想要的。人生的句号，往往不在于句号是否勾画的比别人圆满，而在于这个句号之前所有的内容。

毕竟，那些走过的路途，是自己独一无二的精彩，那份精彩，成就人生。无论别人如何光彩夺目，也始终是别人的故事；无论自己是否站在巅峰，都是自己一步一个脚印串联的岁月，就算交换，也未必相宜。

做一个有自信的人，既不会盲目艳羡，把任何人看得比自己优越；也不会轻易气馁，觉得自己不如别人。一个真正心胸开阔的人，总是能够正确地看待自身与他人的差别，没有时间幸灾乐祸，也没有时间是非长短，更不会抱怨所谓的公平与否，而是在意自己的目标是否坚定不移，内心是否快乐充实。

若想成事，必先自成。努力做自己的主人，做生活的强者。以自己的傲娇之步，丈量梦想的距离；用自己的人生定力，坚定前进的方向。不羡慕，不忌妒，不浮躁，不气馁。就算会遇到荆棘坎坷，也绝不输掉心中的信念。哪怕一路上风雨加身，也绝不灭希望之火。没有跌倒，就不知行路的艰难；没有挫折，就不能体会成功的不易。缺少坎坷的人生不是幸福，而是遗憾。

做一个勇于挑战自我的人，乐观积极向上。相信，今美于昨，明日便可复胜于今。各施所好，各骋所长，无一人之不中用。与其羡慕，不如努力让自己就变成那样的人。只要你付诸行动，任何时候都不算晚。有志者，事竟成。

— 放空心灵 海阔天空 —

  浅夏的时光，我常常独坐窗前，透过轻纱虚掩的半边，望窗外满眼苍翠，深红浅绿，鸟语花香，令人沉醉。

  独处的时光，对影成双，浅诉心语。唯有文字的馨香，犹如一股清凉的泉水，缓缓流进心底。时光的年轮刻在年轻的脸上，增加了我们对生命意义的理解。看时光，浓淡相宜；品人心，远近相安。这便是我想要的最好生活。

  人，总是活在欲望的驱使之下，不论是对名望的追求，还是对利益的追逐，总是用不知疲倦的孜孜以求，来填充岁月的径直奔走。

  也许有的时候很努力了也达不到预期的效果，也许有的时候怎么做也都还是做不好，也许无数眼泪在夜晚撩了又撩，也许很多事情不是我们可以掌握的，总是希望越大，失望就越大。时间久了，那颗饱经挫败却又始终不甘的心，就变得像是一个被扎着松紧绳的袋子，越收越紧。于是，快乐被焦虑取代了，期望被失望淹没了，整个世界都仿佛从这繁华的夏季过渡到了秋季，一片荒芜。

仔细想想，未必是你的付出没有回报。只不过，人总是习惯于阶梯效应，上了一个台阶，还想上另一个台阶。每站在一个台阶上，都能看到不一样的风景，可每一程风景看过之后，内心就会想要看到更上一层的景致。曾经想要达到的彼岸早已被弃置身后，而新的目标却源源不断地涌现。

人之所以会心累，就是常常徘徊在坚持和放弃之间，举棋不定。生活中总会有一些值得我们坚持的东西，也有一些必须要放弃的东西。欲速则不达，别忘了，生命也是一个缓存有限的载体。适当的放空，是每个人面对人生问题的一种态度，是追求另一种幸福的豁达。

幸福是一段铺满鲜花的旅程，痛苦则是一段布满荆棘的路途，不沉迷青山绿水，不惧怕风雨兼程，可以收纳各种风景，也可以清空各种缓存。

放空的心，是最好的礼物；独走的路，是最美的风景。

人生重要的，不是物质世界，而是精神世界；生命不是数字的大小，而是质量的高低。

很多时候，命运就是一种惯性，沉沦或者是崛起，常常就是一念之差。以后的路还那么长，我不知道结局，也不做假设。我只想看生命最完整的样子。所谓成长，不是要圆滑到伪善，而是在秉持一团真气里，学会随缘。

真正的自由，不是做你自己，不是做别人想要的你，而是做回你本来的、本真的自己。当你看不惯的人和事越来越少，就代表你已经越来越成熟；当你觉得能够淡然得失，从容悲喜，就证明你的人生境界已经越来越高。

人啊，总是长着一颗红楼梦的心，却生活在水浒传的世界里，想交些三国里的桃园弟兄，却总遇到些西游记里的妖魔鬼怪。各种不尽人意，也是常来常往，倘若不能学会释然放下，必定会提前夭折在生命的旅途中。

闲来无事的时候，也学一个品茶之人，煮一壶新茶，看杯盏茶心，闻茶香清新，将内心所有想开的，想不开的，都交付于一杯清香的茶水中，洗涤一空。

无论是求之不得，还是得亦难久，都且随风去吧。因为慈悲，所以宽恕；因为宽恕，所以解脱。为了解脱，所以宽恕；为了宽恕，所以慈悲。

相信，真正的快乐，来自内心的平静，且放空自己，让思想裸奔一会儿。

流水的年华，让我们做一个平静的人，一个善良的人，一个常把微笑挂在嘴边，快乐放在心上的人。

无须面朝大海，亦能春暖花开；只要放空心灵，便是海阔天空。

— 时间 是最好的沉淀 —

都说,春是一个深情的季节。春日骄艳,春花明媚,春风多情,春水柔情。而我,却在这花团锦簇的春季,寂寥的无所适从。

与其说是寂寥,或许,清淡,更为合适。无论陌上多少锦绣繁华,我亦是可以安稳自持,平静闲逸。

习惯了一个人的时光,看光影如水,缓缓地从指尖流淌。喝自己喜欢喝的茶,听自己钟爱的歌,做自己想做的事,爱自己喜爱的人。不知从几时起,日子竟也可以过的如行云流水般洒脱,自在。

倦累的时候,便安静地坐于案前,打理往事,整理文字。把那些已经走过的人和事,扫落于尘埃深处;把那些如莲的心事,付诸笔端。然后与那些远在天涯海角的文人墨客们,低诉,缓念。

听别人的故事,品自己的悲喜,你懂或不懂,都不重要。重要的是,在这山高水长的路途中,我曾以心语心声的方式,来到过你的世界,你的视线,甚至,你的内心。

你若留我，我便驻足。陪伴，是最长情的告白，我会为这一程缘识，写意出最美的遇见，红袖添香；你若不留，我便离去。烟波浩渺，我自当寻觅一处适己之地，执笔情深。如此，我不曾亏欠你，你亦是无须偿还我。流年如水，各自为安，而那个愿以执念守护深情的，总是自己。

许是岁月沉淀，日子过得久了，便觉得繁华太过喧嚣，清宁才是欢喜。曾几何时，我拥有的，是一个女强人的梦想，抛头露面，觥筹交错，只为志在四方。而今，昔日的豪情壮志，却在时光的打磨下，演变成了小女人的情怀。相夫教子，读书写字，大门不出，二门不迈，心满意足。

岁月结茧，往事如风，到头来，我只想做一个如莲般安静寻常的女子。落泥淖终是静雅，历世事到底出尘，淡然冷暖，品味孤独。宁愿一生的时光，都用来泡一壶茶，等一个人，写一段字，记一段情。

待到落花时节，清风过处，我将飘落的树叶拾于掌心，细数那些沧桑的脉络，清点那些关于岁月行径的故事，亦是一场清欢。

谁说草木无情？不过是因了一生飘零，无法掌控自身命运罢了。它们能做的，只是顺应自然，淡然枯荣。

生命就是一场轮回，而时间，便是最好的沉淀。人这一生，无论要走过多少春秋，经历多少风雨，大浪淘沙过后，岁月的长河，依旧可以为你沉淀为澈。千帆过尽，一叶扁舟，亦可以渡你到达彼岸。

若非沉淀，何来寂静山河，悠悠千载？若非沉淀，何来宠辱不惊，淡然花开？若非沉淀，何来往事如烟，不负辰光？

其实，时间并不会真的帮我们解决什么问题，只不过时光流转，渐渐带走了年少轻狂，也慢慢沉淀了冷暖自知。让我们把之前不肯放弃的执念，稀释得不再那么重要了。人生有很多种生活方式，选择哪种方式并不重要，重要的是，你选择的那一种，是最适合自己的，那便是最好的。

流水窗前，树影迷离，人影如尘，来来去去。那些看似匆忙的背影，不知从哪里来，又将到哪里去。人生如行路，一路艰辛，一路风景，而你的目光所及之处，就是你的人生境界。

人在旅途，请给自己一点时间，也给时间一点时间，相信时间，会成就最好的自己，也会沉淀最美好的人生。

- 持一份从容 享岁月静好 -

微风起,树摇枝杪,风吟故里,几度风雨暮,几度相思路。

温情脉脉的春天,明眸善睐,秋波送去。冰封的湖水融化,曾静穆如镜的湖面,也被风声打碎,万道波光随了暖风荡漾。碧波轻澜,游人如织,扁舟轻飏。

平凡如我,独守着残缺的孤傲,在高耸的山崖吹风。像一只翅膀受伤的鹰,渴望翱翔。

泡一杯清茶,于窗前凝神静品。似甜似苦,似暖似凉,道不出那心境。茶香萦绕,顺着青烟,于风中曼舞。

凝想,这春日的暖阳,把寒冬冰封的记忆消融成河,润物无声。那记忆的花园,便开始繁花似锦,葳蕤成簇,永不褪去的,便是那经年的香气。

于是,我在时光里享受温暖,我在流年里忘记花开。轻抚这一路走来,跌跌撞撞,落下的这一身伤,就当是为青春,化下的残妆。

其实,人生就是这样,得失无常,悲喜相伴。这一生的轨迹,有高低起伏，有曲折回环，学会适应，所处的环境就会变的明亮；学会调节，自己的心情就不再忧伤；学会宽容，生活就可以少一些烦恼。

人之所以烦恼，在于计较了太多；记着了太多；追求了太多；执着了太多。人之所以快乐，在于豁达；在于淡然。而人之所以成熟，在于看透；在于宽容，很多时候其实不是不幸福，而是不知足！

倘若看透，便得心静。持一份从容，将经年所有的悲喜都锁进岁月的清幽中，任由窗外三千繁华，草长莺飞，亦是可以低眉浅笑，静书笔端。

无论人生行径哪一个阶段，目标的绳子都不宜放得太长。即便生活只给你留下一个狭小的空间，但只要能够依旧心无旁骛地对待生活，方寸之地亦是能找到属于自己的人生黄金。

静好的岁月里，独倚时光的悠闲，轻握一丝如雨的季节，细品一杯淡淡的香茗，静读一本悠远的古卷，写意心中淡然的心事，而独醉其中，如此，甚好。

淡然于心，从容于表，人生的快乐，不在繁华的喧嚣中，而在内心的宁静里。平淡，才是人生的底色。

平淡的生活，不是懦夫的自暴自弃，而是智者的胸有成竹；不是看破红尘后的心如死灰，而是经历风雨后的大彻大悟；不是碌碌无为地得过且过，而是从容处世的潇洒自信。没有喧嚣的嘈杂，没有世俗的烦恼，更没有填不满的欲望，有的只是一份从容、一份淡然。

你若不伤，岁月无恙，心若不动，风又奈何？持一份从容，享岁月静好；携一抹微笑，铸优雅人生。

- 简单 是最大的快乐 -

简单，是人生至境。

我们常常会羡慕小孩子童真的快乐，却做不到孩子那般清澈单纯。

小时候，在没人的地方，我们也可以很快乐，因为有花草虫鱼做伴。大后，越在人群中，我们越感到孤单，因为人心叵测。

小时候的欢乐，是单纯带来的。长大后的痛苦，是复杂给予的。越长大越孤单，心思也就变得越复杂。

人性的多变，复杂的内心，流水的人情，给人生涂抹了一道道沧桑的风景。其实我们都渴望一种持久的温度，虽不能与日月同辉，但也温馨一程。行于俗世，面对诸多的冷暖，慢慢地学会保护自己，学会了放手，不过多的奢求。其实，保护自己也是一种不伤害他人的方式。以杯水禅心，守一份纯静，念一份感动。

人生若茶，有起伏才有淡定，有苦痛才有清香。那些未经风雨的人，就像温水沏的茶叶，只在生活表面漂浮，根本浸泡不出生命的芳香；而那些栉风沐雨的人，如被沸水冲泡的好茶，在沧桑岁月里几度沉浮，才有那沁人的清香。顺境使人懈怠，逆境使人成长。走过一段路，经历一些事情，才能真正看清一些人，看淡一些事。

有些事，过去了，后悔无益；有些人，离开了，惋惜无用。无缘的，终将离去；无情的，都会失去。人生就是一种选择与放弃，再好的事情，不能实现，便要放弃；再美的感情，不能拥有，便应遗弃。

让恬淡，幽居在岁月的深处，宁静致远。随一份平静的心态，在情感的思路中，触及温暖；在茫茫生命中，如莲而立。

不要抱怨生活，放下浮躁的心境，静观生命之美好。静心，才能开心；心若水，握不住；心如云，抓不到。天地间的流云，若不是淡然来去，怎能化作一缕清风，自在于乾坤之内；天空中的雨滴，只因志同道合，真情相见，才能汇集成河，奔流于大地之上。做人淡泊，方能无忧；交人真诚，才能长久。

都说同行相轻，我却觉得，欣赏别人是一种境界；能够真心为别人的成就感到高兴，是一种善良。

与人相交，善待别人是一种胸怀；理解别人是一种涵养；帮助别人是一种快乐；学习别人是一种智慧。行径在成长的道路上，骗我的人增长了我的见识；绊倒我的人强化了我的能力；斥责我的人助长了我的智慧；遗弃我的人教导了我的独立；伤害我的人磨炼了我的心志。

如此而言，凡事，皆有利弊。

事情以怎样的方式发生，并不重要，重要的是你以怎样的角度去看待。

心胸决定境界，心态决定命运。你焦虑，是因为自己不够从容；

你悲伤，是因为自己不够坚强；你惆怅，是因为自己不够阳光；你忌妒，是因为自己不够优秀。凡此种种，每一个烦恼的根源都在自己这里。所以，每一次烦恼的出现，都是一个给我们反省自己缺点的机会。人生就是一个不断完善的过程，有缺点不怕，金无足赤，人无完人，能发现缺点，乐于补短就是好的。最怕的就是那种不愿承认自己的缺点，还依旧自我感觉良好的人，才真正不可救药。

自古成败论英雄，又言，英雄不问出处。

你来自何处其实并不重要，重要的是你要去往何方，人生最重要的不是所站的位置，而是所去的方向。只要不失去方向，就永远不会失去自己！

不论路途如何曲折，世态如何炎凉，人心如何叵测，俗世如何复杂，唯大道至简。只要你看的淡然一些，想的简单一些，你就会觉得，生活一切，都变得简单轻松了不少。

其实，简单，是人生的大彻大悟。无欲无求无失望，来去随缘少徒劳。唯有简单，为人生至境，也唯有简单，才是最大的快乐。

— 眼宽容景 心宽容事 —

一直觉得，宽容，是一种美德。但同时，它也是人生的一种境界。很多时候，道理是道理，行动是行动。能为者，必懂其理也，而知其理者，却未必能行之。

宽容别人，也是善待自己，倘若你总是对别人的一些不足耿耿于怀，纠结难耐，终其结果，影响的还不是自己的心情，又与他人何忧？

宽容别人，亦是给自己的心灵让路。只有活在宽容的世界里，人生才能奏出和谐的生命之歌。原谅，不过是将伤痕悄悄掩埋；忘记，才是最深刻彻底的宽容。

宽容就是忘却。人人都有痛苦，都有伤疤，动辄去揭，便添新创，旧痕新伤难愈合，却又于事无益，何苦来哉？

忘记昨日的是非，忘记别人先前对自己的无礼和冒犯，过去了，就让它真正成为过去，时间是最好的良药。让大肚能容雅量，生活和煦如阳，岂不更好？

人活这一世，唯心情最重要。快乐生活，才是生命的赢家。生活中的我们，不但要自己快乐，还要把自己的快乐分享给朋友、家人，甚至素不相识的陌生人。因为分享快乐本身就是一种快乐，一种更高境界的快乐。

嬉笑怒骂即生活，花开花落是人生。生活不可能尽如人意，人生就像一幅拼图，无论是欢乐、苦楚，还是迷茫、彷徨，更或者是沮丧、失意，皆是组成这完整拼图必不可少的部分。

没有不能尊重的选择，没有不能宽容的失落，没有不能共唱的千千阕歌，更没有不能释怀的似水流年。

穿越于浮尘中，我们慢慢发觉，一些沉睡已久的纯真在逐步苏醒，一些诱惑你、纠缠你的欲壑正日趋剥离。以前不能宽恕的人与事，现在已经能够容忍与接纳；昨天还在抵触与抗拒，今天却懂得了释然与笑对。岁月如书，时间如药，教会我们许多无字的真理，治愈我们许多精神的顽疾，让我们身心俱安。

于是，我们逐渐地学会了宽容。看穿但不说穿，该明白的明白，该糊涂的时候大智若愚。很多事情，只要自己心里有数就好，没必要的就不要说出来。不要把人逼绝，记得给他人留条后路。

繁华过处，总有一些人会成为回忆，也许不该沉迷于过去，淡然才是最美的风景；总有一些情会成为曾经，也许不该执着于忆念，来者珍惜，去者放下，惜缘才是最好的记取。人生无常，自当且行且珍惜。

而宽容润滑了彼此的关系，消除了彼此的隔阂，扫清了彼此的顾忌，增进了彼此的了解。

宽容是一株新绿，洋溢着仁爱。生命与希望，让人在春意盎然间感受存在。

宽容是一缕阳光，能照亮人们心中的黑暗；宽容是一壶清水，能抹去人们满腔的愤怒。

学会放下，懂得宽容。人就这么一生，只有笑看人生，才能拥有海阔天空的心胸。

佛说，苦非苦，乐非乐，只是一时的执念而已。执于一念，将受困于一念；一念放下，会自在于心间。物随心转，境由心造，烦恼皆由心生。无论何时何地，都要拥有一颗安闲自在的心，保持一份豁达宽广的胸怀。

生活如海，宽容作舟，泛舟于海，方知海之宽阔；生活如山，宽容为径，循径登山，方知山之高大；生活如歌，宽容是曲，和曲而歌，方知歌之动听。

原来这就是人生中另类的收获，一份来自宽容的幸福。

- 讷言敏行 是最好的修养 -

古人有一句话,叫作"三思而后行"。现代有一种冷静,叫作"冷静三秒钟"。不论是古言,还是今语,说来说去,无非就是想要告诉我们,生活中要养成讷言敏行的好习惯。

或许,这不仅仅只是一种习惯,更是一种素质与涵养的体现。

做事不经过反复考虑,过后总有后悔的时候。奈何这世上唯一没有的,就是这治愈后悔的药。

人处在不同的状态下,说话时心情不同,内容也会不同。心情愉快的时候,看事看人也许比较符合自己的心思,故而赞誉之词可能会多;心情不悦之时,讲起话来难免会愤世嫉俗,言多有失,因此,便有了"祸从口出"这一说法。

有道是,先行其言而后从之,孔老夫子之所以提出这一观点,就是为了提醒我们,三思而后行。然而生活中的我们,大部分时候还是很难做到的。总是少不了舌头比脑子跑得快的人,而愚蠢往往正是这样产生的,要知道,脱口而出的蠢话有时会贻害终身。

人生本是一个不断完善与成长的过程，遇到事情的时候，多一些思考，多一些自我检讨，不要总是不肯直视自己的不足，眼里看到的，就只是别人的过错。岁月流逝，就在于对一个人思想觉悟的提升，春花秋月，四季更替，就连繁花都懂得在风雨的洗礼中节节而盛，作为生活主角的我们，又怎么能毫无进步呢？

做事时，无论是采取"大行不顾细谨，大礼不辞小让"的态度，还是关注事情的细枝末节，对待事情一板一眼、一丝不苟，都需要一个前提，那就是具体问题具体分析，具体不足具体弥补。

认真是思考的前提，讲究方式是行动的基础，这是一种需要长期培养而形成的能力，而不是一种简单"端正"就可以解决的态度。生活中，人们每天都会处理和面对很多的事情，如果方法不得当，不但耗费大量的精力，即使付出了努力，也未必见到成效，更甚者会适得其反。

以尖酸刻薄之言讽刺别人，只图自己嘴巴一时痛快，往往会引来意想不到的灾祸。人与人之间原本没有那么多的矛盾纠葛，往往只是因为有人为逗一时口舌之快，说话不加考虑，只言片语伤害了别人的自尊，让人下不来台，别人心中怎能不燃起一股邪火？有了机会便反咬一口，也是情理之中的事。

你有什么样的态度，决定你拥有怎样的生活状态。会说话的人，一句话逗笑人，不会说话的人，一句话惹恼人。于是，说话也就变成了一种学问。老子说："知者不言，言者不知。"这里的"知"并非知道，而是智慧，就是说聪明的人不乱说，乱说的人不聪明。

管不住自己舌头的人，不仅容易伤人，而且容易惹祸。慎言不是不说话，慎言是该说话时就说，不该说话时不要说。当你劝告别人时，若不顾及别人的自尊心，那么再好的言语都是没有用的。

想要知道一个人的品德，就要听其言，观其行。因而有人把说话当作是今天人们社交中最难的事。但是我们的交流又不得不借助于语言的表达，也许说话真的如做人一样难。但我们只要把握好分寸，既不越位失言，又不缄默失人，凡事三思而言，再思而行，虽可能稍稍耽误了些时间，却可以很大程度地把话说得更妥当些，把事情处理得更完美些。

花不可开得太盛，盛极必衰；话也不可说得太满，满必有失。凡事多给自己留些余地，才不会受到"坦率"之害。"马有失蹄，人有失言"，在事业成功的过程中，一言一行都关系着个人的成就荣辱，所以谨言慎行对一个人立身、处世具有很重要的意义。

但愿你我，都能从古人的智慧中，汲取养分，生活中，努力做一个纳言敏行、讲究方式方法的智慧人。恶言不出于口，忿言不反于身；言而当，知也；默而当，亦知也。

— 目中有人才有路 心中有爱才有度 —

人生在世，弹指年华，心之所足，大于物外，物助心宽，非物惑心迷。心若不动，人不妄动，不动则不伤；如若心动，人则妄动，伤其身痛其骨，于是便体会到世间诸般痛苦。恬静淡薄，是每个人都向往的境界，但实际生活中，又有几个人能够真正地做到。

话又说回来，心不动的那是木头人，一个正常的人，活着一辈子，怎可能寡淡如水？

只不过，扰攘俗尘，亦是需要行走其间的智慧。其实，想要幸福很简单，口中有德，目中有人，心中有爱，行中有善。

人这一生，须练就两项本领：一是说话让人结缘，二是做事让人感动。不注意口德、出口伤人的人，往往就像钉在墙壁上的钉子，待悔悟时想要拔下钉子，墙却永远留下了疤痕。语言切勿刺人骨髓，戏谑切勿中人心病。恶语伤人六月寒，而良言一句三冬暖。

修炼口德，就是修炼自己的气场，面责人之短，人虽不悦，未必深恨。背地言其短，令人不悦，怀恨甚深。不必说而说，是多说，多说易招怨；不当说而说，是瞎说，瞎说易惹祸。虚言取薄，轻言取侮。对失意者，莫谈得意事；处得意日，莫忘失意时。喜闻过者，忠言日至；恶闻过者，谀言日增。不知而说，是不聪明；知而不说，是不忠实。君子言简而实，一身正气才能好运连连。口德好才能运势好，运势好才能少走弯路，多些成就。

目中有人，就是要走出自我的小天地，将心比心，坦诚相待。目中有人才有路，心中有爱才有度。眼是一把尺，量人先量己；心是一杆秤，称人先称己。挑人过错，自己也有不完美；责人短处，自身也有缺陷。金无足赤，人无完人，眼睛不要总盯人是非，更要学会敬仰他人。一个人的宽容，来自一颗善待他人的心。一个人的涵养，来自一颗尊重他人的心。一个人的修为，来自一颗友善谦和的心。

当一个人的心中充满博爱，你就会发现其眼神也会流露出和善。严寒之中，星星之火，也能温暖人心；干涸之时，滴水之爱，亦可感动天地。慈是平和的心态，德是委屈时的包容，善是逆境中的援助，爱是对他人的奉献。爱能让贫者富裕，让弱者刚强；使生命长青，使死神却步。爱别人，就会被别人所爱。这个世界因爱而温暖，因爱而美好。

因为心中有爱，所以行为自善。积德虽无人见，行善自有天知，善良是一切修养之始。拥有善良美好的品质，就像给自己穿上了盔甲，可以帮助自己抵挡邪恶，亦可以给别人带来温暖。善为至宝，一生用之不尽；心作良田，百世耕之有余。

自古以来，就有"勿以善小而不为，勿以恶小而为之"的教诲，佛道又言："众善奉行，诸恶莫做。"

很多时候，伤害别人就等于伤害自己，帮助他人亦是自己积功累德。不惊扰别人的宁静，就是慈悲；不伤害别人的自尊，就是善良。

人活一世，发自己的光就好，不要吹灭别人的灯。佛家有道，今天你若伤了他人，明天或许你就会被他人所伤，因果终是循环。

善乃是人格的一种实现。行善流芳千古，作恶遗臭万年。做人，就应该口中有德，目中有人，心中有爱，行中有善。温和待人，友善处事。礼发于诚，声发于心，行出于义。

相信，只要从真诚开始，每一种善举都将刷新你的心境，给你带来不一样的人生境界，不一样的因缘际遇。

- 握一缕阳光 染一指花香 -

春意阑珊,暖阳如煦,我于灼灼其华间,闲庭信步。握一缕阳光,染一指花香,将生命中的那一份清浅,放飞于蓝天,随意于白云。

春色撩人,爱花风如扇;柳烟成阵,摇曳韧如蒲。这不禁让我想起白落梅的一句话:"内心柔软之时,水色风影皆有诗情言语,小楼巷陌亦是含蓄婉转。"

而此刻,我的内心平静如水,亦柔软如水。

春日繁盛,万物皆醒,蝶儿恋花,花亦缱绻。放眼望去,任意一个寻常的角落,亦可寻见春色,深红浅绿。或许,人间最为风雅、最为深情的,就是这个季节。

于是,我于桃树的花团锦簇下,将一腔柔肠百转的心事,低吟浅唱,娓娓道来。转身,馨香染衣,回头,花瓣抚肩。低眉浅笑间,朵朵桃花竟也轻摇枝杪,如此温婉传情,甚是美妙,不禁满心欢喜。

撷一枝花红,捎一分春色,带回家里,插入瓶中,但愿花香怡人,醉美了我的心事,也让我用似水柔情,守护这场春的花事。

只是，我不敢深情。人生静美，赏过几度春风秋月，尝罢几次离合聚散，我终是因为用情太深，而伤情了一次又一次。至此，我只把深情化作细水长流，只求浸润无声，咸淡相宜，却不求铭心刻骨，浓墨重彩。

就像草木山石，流经千年繁华，随你来与不来，抑或再见无期，终是沉静洒脱，优雅从容，自然有情。

其实，我是一个极为简单的人。就像眼前这株桃花，花有几朵，朵有几瓣，瓣又有蕊，蕊又有色，皆是真实坦白于这阳光之下，无论你许与不许，皆温润如玉。不管你喜与不喜，都盛情绽放。

许多时候，都是一个人，放一首音乐，泡一壶新茶，然后就那么坐着。往事如画，映入眼帘，一幕幕的情景，仿佛伸手即可触摸；好像，就在不远的昨日。然而，却终是回不去的回忆。最怕的，莫过于流年匆匆，多少依赖眷恋不再；多少良辰美景辜负；多少熟悉的面容，化作尘埃；多少温情的守护，随风远逝，终究，多了几分伤感。

古有苏东坡"且以新火试新茶，诗酒趁年华"。今我以怀旧煮新茶，饮尽相思苦。且余一些回忆，留在那些微风细雨的日子里，独自寂寥回想。

活到一定年纪，就可以无谓得失，更无惧岁月无情。人生百味，也不过稍纵即逝。待你功贵于身之时，却发现青春早已被光阴抛得太远。草木枯萎凋零，尚有来年可期；而人之年华逝去，却再无重来之日。到头来，行经的路途，不过一场走过；拥有的虚荣，不过一场云烟。

人生在世，从上天赐予受生开始，便也赋予了各自的责任和使命。有时候，太过闲逸的生活，总觉得少了几分轰轰烈烈与惊心动魄。

眺望山河,一如当年,端雅温柔,壮阔无边。生命枯荣有序,那样庄严而真实,却又那样倔强而无法阻挡。

既是如此,且把生命中所遇到的一切,都只当作是一场修行的必经之路,起落浮沉,阴晴圆缺,亦当作是寻常人事。就像那盏茶在杯盏中的寂落,亦不过是一场归宿的圆满。

焚香听雨,品茶赏花,指尖敲落的文字,一如我的心情,清淡雅致。静好的时光中,一缕阳光,一抹花香,放慢了岁月前行的脚步。但愿清浅光阴,能让我有足够的年华,与这人间草木,共一份天长,不惊不扰,不失不忘。

－ 心如大海无边际 广植净莲养身心 －

人生有许多烦恼，都是因为得不到想要的东西，苦苦追求，希望越大，失望就会越大。久而久之，烦恼便也如影随形。

试问人生，谁不想活得更好，更有名望。但其实，我们辛辛苦苦地奔波劳碌，最终的归宿，不过就是埋葬我们身体的那方寸土地而已。伊索说得好："许多人想得到更多的东西，却把现在所拥有的也失去了。"人生苦短，追求是为了快乐地生活，而不是更多烦恼。倘若行在途中，忘记了来时的初衷，何不停下脚步，自问初心几何？

所谓名利，不过欲望。欲望越多，痛苦也就越多。人心不足蛇吞象，想想蛇吞象的样子，会是一种什么样的感受？咽不进，吐不出，要多别扭有多别扭。什么都想要，最后可能什么也得不到，反而是一辈子将自身置于忙忙碌碌、钩心斗角之中。这样的活着，未免太累！

人心似海，谁也无法看清它的边际。所谓佛性，也不过是说，人的心在广阔的空间和无尽的时间里，总会有觉悟的时刻。那觉悟的灵光就像一根草，你抓住了就可以得到拯救，而若弃如敝屣，则只能在尘世中不断沉沦。其实，倘若能少一些心机，多一份潇洒从容，未尝不是对自己生命的一种珍爱。

生活何其忙碌，真正灵魂充实的人，哪有闲情逸致去关注别人的是非长短。静坐常思己过，闲谈莫论人非。古人云："毋意，毋必，毋固，毋我。"凡事不能只凭主观想象，理所应当地认为，要破除执妄，看清事物的本相；世事无常，没有什么是一定发生的。事物不会按照你的预见丝毫不错乱地发展，无愧即可；凡事应留出一点儿余地，以便回旋。你以为贬低别人就彰显了自己，实则恰恰相反。抛弃"我"的观念，就事说事，就人论人，少些假意的托词，来掩饰自己内心的丑陋。

处世戒多言，言多必失。何况，别人的好与坏，与你何干？人的通病就在于，总是习惯性地看见别人身上的缺点，总想指导别人，自以为是，殊不知，自己也会被别人指指点点。与其在背后说别人是非，倒不如用这些精力来改正自己的缺点，提高自身的修养。

忌妒是宽容的大敌，如果能用平生的勇气浇灭妒火，就一定会生活得异常轻快从容。倘若能将忌妒转为欣赏，便是一种坦荡；可有的人却将忌妒转为恶魔，便是一种狭隘，丑陋至极。

人生，为善最乐。福在积善，祸在积恶。很多时候我们会发现，当你付出了真诚与关怀的时候，不光对方会为温情所感动，就连自己，也会感受到无上的欢乐与欣喜。如此往来，必是善为福所倚，彼此心欢喜。

心若如莲，自然养心。此心如水，止水澄波，外界的一切纷扰也会随着我们内心的平静而静止。归心静然，可以长生矣。

- 人生百态 品行为上 -

随着时代前进的步伐，生活节奏也变得越来越快。人们每天忙于工作，起早贪黑，朝九晚五。车水马龙间，多少喧嚣繁华随尘起，多少日升月落伴风逐。

不记得已是多久无暇清闲，倚一窗阳光，阅一本好书，历经春荣秋枯将近三十载，蓦然回首，也不过弹指一挥间。偶有感慨，亦是唏嘘这光阴的虚度。

于是，每当夜深人静无眠时，也将那落满了灰尘的书籍翻上几番，没想到这几近被人遗忘的传统文化，竟也能抚慰这颗嘈杂浮华的心，带给心灵不少沉静与思考。

其实，中国本就是具有五千年灿烂文化的文明古国，知恩图报，尊老爱幼，待人诚恳……这些优良的传统从古至今都为人所熟知。在古代，《论语》《孟子》《道德经》等这些皆是中国传统文化的重要组成部分，只因现代人大部分对古文生涩，觉得高深难解，所以研读之人甚少。其中，《弟子规》便是相对较易解读的传统文化书籍,薄薄的一本书,却关系到家国、人格。它是做人的准则,也是启蒙养正,教育子弟敦伦尽分,防邪存诚,养成忠厚家风的最佳读物。它在每代人的虔诚阅读和信奉中,嵌入了人类的精神史。即便在当代,仍然影响着很多人,教育我们如何规范言行礼仪,如何诚义做人,明理于孝、悌、礼、仁、忠。

  人这一生,从受生于世,到归落于尘,重要的不是生命的表象,而是生命的本质。人生百态,最重要的就是品行,所谓欲做事,先做人。记得《红楼梦》中有句话:"世事洞明皆学问,人情练达即文章。"无规矩不成方圆,凡事言行皆规范,方显素质修养。只有文明健康的品行和高尚的道德情操才是真正的自我归宿,更是照耀心灵永恒的阳光。

  一直觉得,学习,是一个认同的过程,而通过学习对自身产生的影响,则是一个潜移默化的过程。学习《弟子规》,背诵下来应该是相对容易的事情,但是真正对一个人产生有益的影响,却是需要时间来沉淀。置身扰攘尘世,每个人为人处世必定有着各人不同的原则,并在潜意识中受到这些原则的制约。而学习传统文化,就是要把圣人的教诲贯彻到现实生活中,落实到一言一行中。

  也许,是古人没有现代人忙碌的节奏,纷繁的追求,所以他们有更多的时间去思考人生、思考未来、思考言谈举止、待人接物方方面面的行为规范。

  特别喜欢《易经》中的那句话"天行健,君子以自强不息""地势坤,君子以厚德载物"。我经常用这句话勉励自己,告诉自己,做一个人,必要做好一个强者、智者。又想起这两句话,"雄关漫道真如铁,而今迈步从头越""路漫漫其修远兮,吾将上下而求索"。古有半部《论语》治天下之美谈,那么今天倘若能对如此精深的文化精髓有所领悟,是不是也能足够受用终生。

现代的人多是浮躁，倘若所有人都能专心学习传统文化，让旷久的时间，静默的历史，浩瀚无声地浸润心灵，社会又将是怎样一番景象？

不敢说自己是个有智之人，但至少在学习了中国传统文化后，我知道一个人要有豁达的心胸才可以宁静平和的心态去对待日常生活中的每一件事。淡泊名利，去掉尘世的浮华与虚无，修心，便是一个提升精神家园的过程。

自从品读了《弟子规》之后，我就深切地体会到，做人要懂得感恩。感恩给我们生命的人、感恩给我们知识的人、感恩给我们衣食的人、感恩给我们住所的人、感恩曾经批评过我们的人。滴水之恩，当涌泉相报。将别人的爱永记于心，把别人的美德汲取。完善自己，感动别人。

对一个人而言，应报答的最大恩情是父母的养育之恩。所以《弟子规》第一章就是《入则孝》，感恩之心最先体现在一个"孝"字上。"父母呼，应勿缓；父母命，行勿懒。父母教，须敬听；父母责，须顺承……"这些都是孝顺父母的基本要求，但当今社会的我们，又有多少人还会将尽孝尽到如此细微之处？

再比如说，《弟子规》里面讲到待人接物要怀着恭敬之心。虽然当年李夫子把千年以来博大精深的儒家思想融会贯通在这短短1080个字里，但他却把中国五千年的道德规范集大成为一体，正因为如此，我们在理解《弟子规》的时候，才不能只执着于文字的字面意思，更要解其深厚内涵。

例如，《弟子规》中有讲："将入门，问孰存，将上堂，声必扬。"虽然这是描述人在入门的时候要先敲门，或者是进入一个房间的时候,要出一点声音或者打声招呼,让里头的人知道有人要进来,以免打扰他人或者造成困扰。这一条讲的是这个态度,但是在这个态度背后就反映了平时做人所需要注意的一种心态。我们真正要学习的更多是这个心态,而不是字面上的行为举止。换句话说,那个心态我们拥有了,不管将来在任何的场合任何的时候,这个心态都能够时不时地反映出来,而不一定是入门的时候或者是上堂的时候。这个态度就是厚道笃实诚恳,在平时的行为举止中也应保持谨慎谦卑的态度,以礼待人,让人有所知觉,感到舒服和尊重。不管自己是什么身份,平等待人,把对方放在心里,就能够做到这个态度。包括下文中的"人问谁,对以名,吾与我,不分明",字面上是他人询问时,要告诉对方自己的姓名,而不是只答一个"我",这所表达出来的一种态度就是恭谨,跟他人应答的时候非常的恭敬谨慎。态度来自平常的训练,我们要注重对自己的要求,包括真诚心、恭敬心、笃实心的态度。

佛法里说人有四种恩德必须报答:父母、师长、国家和众生。上面已经提到了父母之恩;老师的恩德,启发我们的智慧非常的大;今天如果没有国家,没有一切的施政,我们就没有办法生活在安定的社会里;我们今天所享有的一切,都是一切众生努力才有的结果。所以我们不仅要常怀感恩之心,更要在与人相处之时,为人谦和有礼。

在家靠父母,出门靠朋友。朋友的重要性不言而喻。要想让别人喜欢与你相处,你的态度首先要恭敬,行动上要多为他人着想。"为他人着想是第一等学问""人情练达即文章",所谓做人难,不就是难在这里吗?我们有时候会觉得敏感度不够,其实是缺乏平日的训练。"称尊长,勿呼名;对尊长,勿见能。路遇长,疾趋揖;长无言,退恭立。""缓揭帘,勿有声;宽转弯,勿触棱。执虚器,如执盈;入虚室,如有人。"《弟子规》教育我们要在日常生活的每一件小事上,人前人后,都要持有恭敬的态度,唯谦恭有礼,才是一个人自然流露的品质。

　　《弟子规》中还教育我们要找准人生目标。人生就是一个过程,过得如何很大程度取决于选择什么样的目标。"唯德学,唯才艺,不如人,当自砺;若衣服,若饮食,不如人,勿生戚。"这句经文让我明白了人这一生,要以"德学"和"才艺"为重。把"努力学习,积蓄力量,努力工作,贡献社会"作为人生的目标。如果只是以外在的物质作为追逐目标,无论成就几何都不能让人感到真正长久的快乐。唯有精神富庶才可以充实人生的每一个瞬间、每一个过程,这种快乐应该是可以影响后世的,能达到如此境界的人,想必一生都不会再觉遗憾。

　　《弟子规》博大精深,意义深远,它给予我们的是人生的方向,生活的向导,甚至是灵魂的升华与塑造。它能让我们了解何谓修养,人生在世又如何知足常乐。通过《弟子规》的学习,用来反省自身不足,取长补短。正如荀子有云:"君子博学而日参省乎己,则知明而行无过矣。"

　　因为无知,所以才更要学习前人的知识与智慧。就像春暖花开的人生,恰逢一场甘霖的浇灌润养,但愿平凡的人生,可以活出不平凡的智慧与思想境界,伴你我共筑美满人生。

- 人生如日落 -

人生在世,弹指年华。也许昨天还想着来一趟说走就走的旅行,今天就已经命归黄泉。生命无常,始料未及。多少心愿来不及完成,多少事情来不及安排,又有多少心里话都还来不及诉说,就这样便绝尘而去了。

曾经,一砖一瓦都是心头之爱,如今,家财万贯又有何干?

曾经,儿孙子女都是心头牵挂,如今,悲痛欲绝亦是不屑一顾。

不论曾经有多少不舍,最后都得舍下;不管昔日有多少牵挂,最后都得放下。

人啊,无论是谁,这辈子也终究是逃不过一个字。既有受生,就有命终,不论生前是贩夫走卒,还是达官显贵,寿数已尽,便是无可挽留。

人这一生,从呱呱坠地,赤裸而来,再到年华迟暮,归于尘土,除了走的时候多穿了一套衣服而外,勤恳一生,又能带走什么?

人生如日落。

二十岁的时候，便是那晨起的朝阳，朝气蓬勃，生命绽放。金色的霞光，犹如一只神奇的巨手，徐徐拉开的，是人生启程的帷幕。

三十岁的时候，便是那上午的暖阳，虽少了朝阳那般的活泼，却也不失劲头，逐渐成熟稳重的心，就像那缕缕温暖的阳光，沐浴着人生已踏上征程的路途。

四十岁的时候，便是那正午的骄阳，那是人生中最灿烂夺目的时候，也是最彰显魅力的阶段。这时候的人生，大多已是家庭稳定，事业有成。上有老，下有小，责任与幸福并存；拼搏与成就同获。无论是身体，还是精力，都是最稳健旺盛之时，可谓如日中天。

五十岁的时候，便是那午后的太阳，虽依然炽热，但毕竟内力已不足，且是一阵儿逊于一阵儿。所以，五十岁开始，就是生命趋于走下坡路的时候了。正所谓"五十岁而知天命"，到了这个年龄，无论是从生理还是心理，都会接收到一些已不如前的讯息。对于很多事情，已是无力反抗，多数已学会接受与认命。这个时候，就该注意对身体的保养了。你会发现，酒喝不动了，夜熬不起了，就连玩乐的热忱，也是大大减退，甚至看书的时候，都会发现眼睛开始变得有点老眼昏花，不那么中用了。只是内心，依旧是倔强地不愿承认。

六十岁的时候，便是那接近傍晚但还不能完全算是夕阳的夕阳。这个时候你就会发现，体力、精力与心力，都已不复从前那般模样。所谓"六十花甲"，已是天干地支，一个轮回了，就要认老了。工作上，已无力坚守一线；生活上，也开始由昔日遮风挡雨的角色逐渐转换成了很多事情不及年轻人，甚至还需要子女来操心照顾的状态。镜子中，两鬓已出现丝丝白发。享受天伦之乐的同时，或许也在经历父母离去的生死大问。于是，无人独处的时候，便会在心里默默感叹：

岁月不饶人,老喽。

七十古稀,那便是天边即将沉落的夕阳。功成名就,儿孙满堂,虽然也会有霞光绽放,毕竟也只是稍纵即逝了。杖朝之年,步履蹒跚,人生已进入倒计时,活一天,少一天。于是,便经常盼望着子女们能多回家看看,日子就在这殷切的企盼中,少了一天,又一天。

八十岁,或者九十岁,那已是老长天了,虽然现在普遍高龄化,但古稀之年毕竟相对不多。

活到这个时候,自己都不知道自己将行止于哪天。身体就像一台机器,这么多年风吹雨打,生锈挫旧,已是在所难免。也许一场感冒,就足以一命呜呼;也许不小心绊了一跤,就再也起不来。

到头来,生命不过一个过程。起点和终点都是一样的,唯有过程各不相同。

看透了这些,生死轮回,不过是寻常。

作为子女,一定要趁着老人还能行能走能吃能喝的时候,多一点时间陪伴,多创造条件享受,无论如何,老人养一场小,我们必要还一场老。把老人接来身边,不要让其孤独寂寞,给他个安享幸福的晚年,不要自欺欺人说以后有的是时间。也不要自圆其说把没时间当托词。老人当年生儿育女抚养我们长大的时候,比我们现在更不易,更多辛苦,却没有因为艰难就不管谁了。

人老可怜,一生辛劳,就不要再让老来心酸。人这一辈子,活的就是心情,且心情关系健康。仔细想来,无论心情好与不好,过的都是那一天,且过一天少一天。如是而言,我们还有什么理由不好好珍惜每一天,我们的每一天,也包括老人的每一天。

生活中,少一些计较,多一些包容,人生不过几十载,能交集的都是亲人朋友,两旁路人也计较不着;

少一些怨恨，多一些感恩，能够相遇的都是缘，得如何，失又如何？赔了心情才是真正的不值；

少一些烦恼，多一些淡然，哭一天，笑也一天，何必辜负这一去不复返的一天。

人生在世，不过一场生死，斤斤计较，你能得到多少？处心积虑，你又收获多少？临命终了，你又能带走多少？何不趁着有限的时光，尽情享受生命的厚赐，上孝老人，下爱子女，心中开阔，便是大海；生命向阳，才能一生灿烂。

— 沉默的朋友最真 —

(一)

日前,去参加初中同学的婚礼。虽在同城,但宴席在南辕北辙的好几十公里之外。对于一向路痴的我来说,这自然是一件难事。于是,先生问我:"非去不可吗?关系好吗?男同学还是女同学啊?"

我说:"男同学啊,谈不上关系好坏,上学的时候还不错,自从毕业以后,十几年再未见过面,平日也没有联系,但我心里的感觉是应该要去。"

十几年不曾相见,是因为毕业之后各自忙碌,但同窗情谊一直在心中。这么多年一直有电话,有微信,却几乎从不私联。一则是自己已结婚成家,先生久不在身边,为了避嫌,疏于所有异性联系;其次,就算你有时间,对方也未必有那么多时间。真正的朋友,可以挂念于心,却从不轻易打扰。无须太过亲近,保持一定的距离,舀上一些深水,哪怕只沸腾半分,就已足够。

同窗的情谊是最为纯真美好的,无所谓利用,也不牵扯利益,不论你过得好与不好，情谊都是一样的薄厚。哪怕多年不见，再见依然如初。嬉笑怒骂皆是亲切，玩笑挖苦亦是幽默。仿佛只要见到昔日同窗战友，人性就会撕掉外表那层包裹着自己的薄膜，呈现出的，则是一种发自内心的真实。

席间，又来了好几位同学，尽管岁月变迁，也在变化着人的体貌特征，但还是一眼就能认出这是当年的数学课代表；那是当年的语文课代表；她曾经是那么爱哭的女生；他以前经常被老师叫去办公室。纵然多少年不见，但只要一见面就很自然地有着说不完的话。

于是，我懂了。素日里大家彼此于生活中的沉默，不是淡漠，也不是疏离，而是一种少了浮情假意的真实，是情谊于岁月之间缄默的沉淀，是长情，也是温暖。

（二）

我的闺蜜，与我同年同月生，她的老公是先生的同事，他俩的姻缘是我牵的线，我做的媒，感谢上天有成人之美，一见钟情，成就美好姻缘。

因为她先生与我先生是同事，所以，闺蜜和我一样，整日过着已婚的单身生活。

先生不在身边的日子，我们都是乖巧懂事的好孩子。对于自己所爱的人来说，在分别的日子里，能够让他们放心，是我们给予爱情最真心的付出。

于是，我和闺蜜便经常混在一起搭伴过日子，一起散步，一起吃饭，一起摇着杯中的红酒，数着手指头，算着自己先生休班回来的日子。真正的朋友，并不是在一起就有聊不完的话题，而是在一起，就算无话可聊,也不会觉得尴尬。

我的先生和她的先生不会同时休班。所以,只要其中有一个人的先生回来了,我们就会立刻停止约会,两个人互不打扰。真正的朋友,无须太多言语,只心领神会,就能听得到彼此内心所有的声音。哪怕是一个人的先生回来了,另一个人还在苦苦的等待中,也依旧会按捺住羡慕的心情,成全着另一个家庭的团聚。

平日里,我们也难免有忙碌的时候,十天半个月顾不上彼此也是有的。不需要理由,也无须解释。真正的朋友,是心灵的归宿,是知己,是亲人。不仅因为看到了你的优点而认可,而是在彻底看清了缺点之后,却依然笑包容,理解接纳。

不忌妒,不竞争,忧对方所忧,乐对方所乐。真正的朋友,无须太多言语,只一份懂得,胜过千言万语。

(三)

向来,我是一个喜欢安静的人,不喜欢整日喧闹聚集,无事废话连篇。那些整日围着你阿谀奉承,无事献殷勤的人,看似对你热情似火,却终究经不起考验,走不过沧海变桑田。

你若辉煌,他就是围着你转的小太阳;你若沦落,他便是那寒冬腊月的冰霜。如此之谊,没有也罢。

古语曰:"君子之交淡如水,小人之交甘若醴。"真正的朋友,是你危难时的一臂之力;难过时的一句关怀;失意时的一种陪伴;绝望时的一份温暖。欣赏得了优点,也包容得了缺点,平时没事各自忙,有事就能在身旁。经得起时间,也受得起冷落,享得了欢乐,也共得了苦难。

良剑易得,知音难寻,唯有"沉默"的朋友,最真。

02 素颜修行

－ 以最朴素的生活 铸就最遥远的梦想 －

我是一个生活极其简单的人。因为爱情，较早成婚，先生如兄如父，疼爱有加，只是常年工作在外，聚少离多。

以前，以为结婚就是两个相爱的人，在一起相伴着过日子。后来才知道，婚姻是一种责任，一种生命的延续。

为了无人能帮忙照看的孩子，我放弃了自己的追求，辞职在家。闲暇的时光，不愿放羁于所谓的自由，也不喜感知太多人心的冷暖，更是为了让不在身边的先生能够放心踏实，我便爱上了与文字的倾心告白。

白天孩子上学，我便将自己反锁在家，一天的时光便在书籍与文字间消耗；晚上孩子放学，我便尽一个母亲的职责，辅导作业，吃饭，睡觉。

很多人看我整日把自己闷在家，出门就找不到北，除了接送孩子往返的学校，居住几十年的城市，哪里都找不到，觉得不可思议。但我却觉得，倘若能以自己喜欢的方式过一生，未尝不是一种幸福。

刚开始写文章的时候，只是单纯地记录自己的心情与感触，没有想过名，更不曾想过利。只是以自己喜欢的方式，交付着每一天的时光。我从来没有过刻意的坚持，想写的时候，就算一群人在身边开着 Party，也拦不住我思如泉涌；不想写的时候，就算给我再多理由，我也未必能写得出一句话。一直都是一个自由任性的人，不喜欢条条框框的约束，却自有一套属于自己的原则。总是喜欢以自己觉得舒适的方式过自己的生活，无所谓别人是否理解。

喜欢一件衣服，我会将同款买上好几件；喜欢一款手机，我就一直用到它下线；喜欢一个平台，我就不知疲倦地去投稿；喜欢一个人就能是一辈子。就像喜欢上文字，一写就是很多年。不计结果如何，我只是想写。能够分享给喜欢的朋友去看，就是我这一天最大的快乐。

做自己喜欢做的事，穿自己觉得舒服的衣服，梳自己觉得好看的发型，写自己觉得暖心的文字。生活的每一个细节，都有自己认为恰到好处的美，这便是属于自己心中的美好。所以，每一个明天，都是值得期待的一天。

尽管，有时候，也会觉得人生不易。可以为了家庭做出牺牲，却不能掩埋心中的理想；可以为了写文付出时间精力，却难免投稿出书碰壁。每一个走向成功之前的人，都要经历一个默默无闻的过程。若说费劲，人生路上千万里，谁又比谁少费劲？

而作为一个女人，身上最美的品质，就是矢志不渝地做她坚信正确的事情，有定力，有耐力。哪怕全世界都被推翻，全世界都混乱，全世界都将其遗忘，依旧乐此不疲。

有韧性的人，就算路途再泥泞，也能生存。只要你不把一件事当成束缚，你就不会被它挫败。

任何一件事情做得久了，你都会对它产生新的期许。每上一个台阶，就会熄灭一盏灯，然后期盼着点燃另一颗星。所以，我在将无限的时间用在文字上，滋养我的灵魂，也丰富我的精神。在我所生活的小区，为了家庭放弃理想的女人一抓一大把，没办法，总得有一个人要顾家，不是没有追求，而是别无选择。

　　而我，却选择了这样一个不当吃不当穿的事情，来让自己忙的抬不起头来。是的，你若不低头，没有人能帮你把王冠戴上去。但就是这样一个别人看似无用的喜欢，就足可以让你变得和别人不一样，让你成为一个心中不荒芜且更有趣的人。

　　对我来说，人生比未知更可怕的，是预知。不论是过生活，还是写文字，未知，尚且可以心存一切幻想。哪怕是整日独守空房待君归，你也可以幻想有一天职位变动，他就可以突然间再也不用留给你那么多转身的背影去遥望，总好过你现在就算清了还有几十年一成不变的岁月要静默守候，直到迟暮；再比如写文章，哪怕自己都不知道哪一天会变得词穷末路，再无力耕耘，也总好过现在就知道自己未来的归途，淹没在沧海。

　　做一个心大的人，不失原则，却不拘小节。以自己喜欢的方式过一生，用自己阳光博爱的心包容一切。以最朴素的生活，铸就最遥远的梦想，就算当下不成，也不忘微笑着，继续前行。

— 做喜欢的自己 不迎合不媚俗 —

曾经在职场的时候,因为自己初来乍到,年龄最小,职位低微,所以总是谨小慎微,不光拿出十二分的热情去对待工作中的每一件事,更是拿出十二分的勤快,来者不拒于每一份细碎差事。本着谦虚求学的态度,会的,不会的,都应下来,想着没有谁生下来就什么都会,然后自己努力再努力地去完成。无所谓分内分外,只要是同事开口,都是有求必应。想法很简单,做一个既勤快又努力的新人,好赢得领导与同事的所有认可,尽快扔掉半路融入的这个尴尬身份。

有会议要拍照,同事招呼一声,我扛着相机去;有劳保要领取,同事告诉我一声,我推着小车去;有稿子要完成,同事交给我,我坐在电脑前疯狂地查资料,然后绞尽脑汁地去撰写;有接待,我去讲解;有晚会,我去主持……不论有什么工作,自己的,别人的,只要和我说了,我都会以一份仿佛被重用的心态,满脸堆笑的义不容辞。

本来想着,如此努力,大家应该会很喜欢这样的新人,却不想,有时候，廉价劳动力，不过是对自己的一种轻视。你对自己毫无原则，又怎么会赢得他人尊重。时间久了，大家就会忘记你本身的职务，你的角色就是一个打杂跑腿的，自然大家有什么琐碎都会第一时间想到你。干好了，是应该，干不好，还要落埋怨。哪里还有什么感谢可言？

记得有一次，公司例行每年春秋两季的足球赛，需要留影存档。因为是下班时间，大家都不愿意去，最后，又是我，为了讨好而毛遂自荐。谁曾承，下班后突发意外，伤了胳膊，虽未伤及骨头，也流血甚多，便耽误了说好的现场拍照。

我一再发短信向负责同事解释致歉，心想比赛年年有，照片也不是非有不可。原以为这件事情就这样过去了，没想到第二天去办公室，负责比赛那一组的另一个女同事，不依不饶，没完没了，在办公室大放厥词，不咸不淡说着一些出言不逊的话。虽然她一直就是一个不同寻常风格迥异的女子，但那些话放在我身上，依旧让我觉得无法忍受。我哭着离开了办公室，第一次感觉人心凉薄，全然不是自己内心的那般亲和炽热。

许是自己太过天真，一心以为真心相待，就能换来情意温暖，便不想，倘若你失去了自我，便只能换来别人变本加厉的不尊重。

此后数日，我便请假。反省身在职场的自己，到底该怎么做？其实，我本身并不是一个没有自我的人，只不过受于职场环境，以为左右逢源，做一个老好人，就是生存之道。

甘愿受累，只为博得他人一个赞许的目光，却不想当你太想取悦于别人了，就会忽略了这世上有些人，是永远也取悦不了的，也本不必去取悦。活在别人的眼光下，注定迷失在自己的路途中。有些人，你越是谦和取悦，他就越是不把你当回事。如果总是习惯以牺牲自己的来换取别人一句不走心的感谢，或一个暂时的虚伪笑脸，那么一旦哪一次他的所求你没能满足，就会换来他对你加倍的伤害与践踏。

从那以后，我再也不会无原则地接受同事之间的差事了。我可以干脆利索地拒绝某个人，也可以毫不留情地回敬别人的恶举。除了本职工作，任何别人需要的帮忙，我都会量力而行。拒绝，再不怕得罪谁。其实，我根本就无须去仰望别人的趾高气扬，谦和卑微，不过是一种涵养，并不是觉得自己不及别人优秀，每个人都有每个人的特长，只不过是自己太过地放低了自己而已。

很多时候，我们都天真地以为，妥协一些，将就一些，这个世界就会为我们让出一席之地，但最后，除了失去更多，却是什么都得不到。无论何时，都要把持住自己的底线，失了原则，就等于失去了被尊重的资格。

想要取悦所有人，最后只能落得个人人都不喜欢的下场。因为别人说什么你都赞同，一个没有主见，没有自我的人，在别人眼里，就是一根墙头草，毫无分量与价值。而一个有主见真性情的人，尽管有人会不喜欢，但总有一部分人是与其持有相同观念的。无论什么时候，都会有与自己共鸣的朋友统一战线，得到真心的拥护。

所以，我们不必取悦谁，也无须讨好谁。更不需要人人都喜欢。做最真实的自己，自己喜欢的自己。不迎合，不媚俗，不卑不亢，静雅从容，便是最好的自己。

－ 梦想 是一场注定孤独的旅行 －

每个人都有属于自己的梦想,有些梦想是一开始就既定了方向,有些梦想是走着走着就坚定了的目标。

常常,我们会面对很多选择,也会顾虑很多事情。正因为太多忧虑,所以很多人才会在追梦的过程中,走着走着就偏离了自己曾经的轨迹。

天空都难免乌云蔽日之际,人生更难免迷茫迟疑之时。人生如潮,难免潮起潮落。总有些默默无闻的日子,需要我们学会隐忍,学会沉淀,耐得住寂寞,就不会被时光所辜负。

乔布斯曾说过:"专注和简单一直是我的秘诀之一。简单可能比复杂更难做到:你必须努力理清思路,从而使其变得简单。但最终这是值得的,因为一旦你做到了,便可以创造奇迹。"

追梦,任何时候都不晚。瞻前顾后,无非就是害怕失败;迟疑不定,无非就是担心太晚;焦虑压力,无非是担心做的不及别人好。害怕出发的太晚,害怕追不上同伴的脚步,害怕一辈子在平庸中度过，害怕被如潮的人海淹没。于是，多少宝贵的时间都在内心的纠结与踌躇中虚度。蓦然回首，别人一路向前，自己却一直停留在原地。

这个世上有两种人，一种人常立志，却心动而不行动；另一种人则立长志，坚持到底一往无前。如水的光阴，承载不起梦想的虚设，无论你的梦想有多伟大，如始终不能付诸行动，终究也只是一场空想。

实现梦想，本身就是一段孤独的旅行，就算会受到质疑和嘲笑也在所难免，无论被多少人否定和质疑，你都有做梦的权利，哪怕遍体鳞伤，也不负初心。只要心中有梦，无论何时出发，坚持下去，最终，都能抵达你想要到达的远方。

因为经历，所以懂得。因为有梦，所以坚持。人生因努力而幸运，生命因付出而精彩。

没有付出就没有回报，但并不是所有的付出都会有所收获，只要尽力了，用心了，即使没有得到我们希望的，也是无憾的。至少，那些拼搏的岁月，丰富了人生经历，丰盈了过往记忆。

攀登的过程，不可能一帆风顺，摔倒了，爬起来，从哪里跌倒还从哪里站起来。这世上本就没有天上掉馅饼这样的好事，更没有一蹴而就的成功。那些走向顶端的人从来都不会用"画饼充饥"或"望梅止渴"这样自欺欺人的方式去实现自己的梦想。他们都经历了无数的磨难与痛苦，经历了无数的起伏与悲喜，而我们看到的，却只是成功之后的光环，却不知背后的辛酸。

行走在梦想的旅程中，往往是看你的人多，懂你的人少；说你的人多，帮你的人少。理解你的人，少而又少；帮助你的人，微乎其微。相遇的人，很多；相依的人，很少。有泪，自己流，有苦，自己受。人生没有十全十美，也难有尽善尽美。没人理解，自己努力；

没人帮助，自己尽力。

如果你已经找到自己的方向了，也已经努力了，但是你还没有得到你想要的，请再多些耐心，努力了这么久，相信梦想的彼岸就在不远处，不过是时间还不够，努力还不够，成长还不够。欲达顶峰，必忍其重；欲戴王冠，必承其重。相信时间会成全最好的你，慢慢来，一切都来得及。

有梦，就会有方向；有了方向人生才不会迷茫。我们不仅要清楚自己当下所处的位置，更要清楚自己下一步所要迈出的方向。与其悔恨过去不努力，担忧未来不美好，不如脚踏实地地过好现在。如果你想要到达更好的明天，那么今天就开始启程吧，只要不惧风雨孤独，就一定可以登上属于自己梦想的彩虹桥。

— 初始维艰 坚持方成 —

文字写久了,曾经一份小小的期望就会升腾为一份梦想。都说无欲则刚,心中一旦有了更高的追求,就会产生一定的压力。有时候,内心也会感到疲倦;有时候,也会有一种暂且放下,让自己歇一歇的想法。

然而,每每有此想法的时候,心中就会出现另一个声音,击退懒惰,打败退缩,最终还是一再地坚持着。

自从开通了自己的文字微信公众平台,就开始了每天的文字推送。就连过年也不例外。平台的经营,让我更加体会到了坚持的不易与重要。

一直觉得,文字怡情,剪一段光阴,融于笔墨书香,一草一木皆是柔情,一山一水亦是深情。自由是做自己喜欢做的事,幸福则是喜欢着自己做的事。想要成功,需秉承一条重要秘诀,那就是坚持到底。

在这个竞争激烈的社会,要想出人头地,想要有所成就,想要让自己的人生开出美丽之花，就必须忍住那些扎在心头的芒刺，将其化为前进的动力，方能博得成功。

忍，不是心头的那把刀，而是刀下的那颗耐心。一个缺乏耐心的人，永远都不可能成为一名强者。也许，一个人的梦想不值钱，但一个人的努力绝对更有价值。

其实，人的能量都是逼出来的，每个人都是有潜能的，生于忧患，死于安乐。只有今天你做了别人不愿做的付出，明天才可以拥有别人不能拥有的东西。不要担心别人会做得比你好，与其羡慕别人，不如自己再多做努力，你只需要每天做得都能比前一天更好一点就够了。

疲惫的时候，告诉自己，成长，就是一场和自己的比赛。

面对压力的时候，焦躁，无非是因为现在的自己，跟想象中的自己还有距离。打败焦虑的最好方法，就是去做那些让你焦虑的事情。不要问，不要等，不要犹豫，不要回头，既然你认准了这条路，就不要去打听要走多久。没有踏不平的路，只有不努力的人。态度决定一切，努力才有回报。你必须十分努力，才能看起来毫不费力。

人生路上，可能春风得意，也可能坎坷不平，无论如何，我们都要一直走下去。荣耀也罢，艰难也罢，都要以平和的心态去面对，少一些无奈与感慨，多一份从容和淡然。把心放平，生活就是一泓平静的水；把心放轻，人生就是一朵自在的云。

人生如梦，梦却不遂人愿。不是逆来顺受，而是心甘情愿。淡然的心态，是一种成熟，平和的心境，是一种从容。很多时候，面对，不一定最难过；孤独，不一定不快乐；得到，不一定能长久。珍惜拥有，才能用心生活；坚持不懈，才能超越自己。但愿梦想和生命，一起精彩。

成功，一半要争，一半要随。争，不是与他人，而是与困苦争。人生最大的敌人是自己，战胜得了自我，才能赢得梦想。随，不是随波逐流，而是知止而后安。能力与条件的限制，很多人事只能随遇而安，随缘而止，切莫徒增烦恼。争，人生少遗憾；随，知足者常乐。切莫该争时不争，该止时不止，总在纠结中蹉跎，在蹉跎中耽搁，在耽搁中颓败。

　　当你的才华还撑不起你的野心时，那你就应该静下心来学习。成功的秘诀在于坚持自己的目标和信念。目标和信念给人以持久的动力，它是人的精神支柱。生活中的许多事，并不是我们不能做到，而是我们不相信能够做到。伟大的成就，来自为远大的目标所花费的巨大心思和付诸的最大努力。

　　风帆，不挂在桅杆上，是一块无用的布；桅杆，不挂上风帆，是一根平常的柱；理想，不付诸行动是虚无缥缈的雾；行动而没有理想，是徒走没有尽头的路。若想成功，唯有坚持，才能最终走向你想要登及的彼岸。

　　有梦的岁月，就让生命之灯因热情而点燃；梦想之舟，因努力而扬帆远航。

- 人生无绝路 希望在转角 -

他是陪护中心的一名护工,应该说,是一名专业的护工。这样的定位,绝不是取决于他拿出的那一纸护工证书,而是看他在病房照顾病人时的种种表现,就能显而易见。

24小时陪护,虽然赚钱不少,却是一件极为辛苦的工作。别说连着几天几夜睡不好了,就是连着几个白天周旋在医院,我都会觉得浑身酸痛,头晕眼花。

但已经五十多岁的护工大叔,在给爷爷做陪护以后,我看到他多少天以来日夜循环,却依旧笑靥如花,倦容甚少。

接触多了,我才了解到,别看他曾给多个领域的领导家属做过陪护,但他这专业的护工,竟是属于半路出家。

据他讲,年轻的时候,为了生活,竟什么都干过。种过地,养过猪,卖过西瓜,卖过菜。偶然一次机会,他与朋友合伙做生意,没承想不但血本无归,还赔了二十多万。二十多年前的二十多万啊,那绝对不是一笔小数目。堂堂七尺男儿,竟然第一次为此挫败而落泪。

从此,一家四口的日子更是捉襟见肘,迫于生活无奈,他又四处寻找生存之路。无意中,发现了医院陪护这一职业,这在当时并不算特别热门,但他毅然决然地去参加了专业培训班,直到拿到结业证书。从此,就开始了这份没白天没夜晚的工作。

虽说,辛苦是辛苦了点儿,但用他的话来说,这么多年了,熬夜早已熬成了习惯,无论晚上多么折腾,有一会儿打盹儿就够。只要想着每天都能有几百块钱的收入,就浑身都是劲儿。

一转眼多少年过去,金牌护工早已是名声在外。除非自己想安排休息,否则有的就是每天打电话来的雇主。而今的经济状况,更是可想而知。

其实,人生就是这样,很多时候,你努力去奋斗了,也许不一定成功,但如果你因为担心失败,连尝试的勇气都没有,就注定永远败落。

人生,本就是一种承受,苦乐交融,忧喜参半。你要做的,绝对不是择优而受,而是支撑自己。

人生如战场,胜败乃兵家常事。所谓幸运,不过是因为努力不懈。可以允许自己不小心撞上南墙,但却没必要非撞到自己头破血流。如果你找不到一个继续坚持的理由,就一定要找到一个重新开始的理由。与其做一个渴望有身价的人,不如先做一个有价值的人。与其在悲伤失望中抱怨上天不公,不如在日升月落中东山再起。人活一辈子,或许可以失去一切,但却不能失了热爱生活的信念。

人生在世,生活不易,我们行走在如烟的尘世,从稚嫩到成熟,从蹒跚到奔跑,没有谁可以一路坦途不坎坷。我们只看到了那些成功者的灿烂笑容与耀眼光环,却从来不曾知道他们在通往成功的路上,流过多少泪,受过多少苦。

如果成功轻而易举,那还能有什么光环而言。明明就是舍不得汗水,还怪苦水独宠了自己。人生最怕的,就是明明碌碌无为,还安慰自己平凡可贵。

人生无绝路,希望在转角。可以允许自己输在人生的起跑线,但却绝不能允许自己输掉转折点。机会永远留给有准备的人,就像幸运总是会临幸那些不放弃拼搏的人一样。

塞翁失马,焉知非福。倘若难免失败,请换个角度去看待,说不准它是为你人生的下一个转角奠基也不一定。

用你炽热的激情,转动心中的渴望,明媚的阳光照耀你前进的方向,相信坚定的信念,必会让你在山重水复疑无路时,恰逢柳暗花明又一村。

— 性格决定命运 —

每个人都有不同的性格,性格的形成,源于家庭的教育,成长的经历,和一些生活习惯。俗话说,江山易改本性难移,通常,成形的性格是很难改变的。

但也不是绝对改变不了的。

(一) 最好的性格是"水"一样的性格

我认为最好的性格,应该是"水"一样的性格。虽然这样性格特点的人,貌似平和柔弱,特别在待人处世上,极富亲和力。表面看上去,总是那么平淡随和,与世无争,其实是以不争之势而达到无所不争,这类性格的人,内心刚毅坚强,包罗万象,能够很好地根据他所打交道人的不同性格而不断迎合、变化。即使是遇到再难相处的人,也能游刃有余,投其所好。因此,也最容易赢得别人的敬重与喜爱,从而拥有良好的人际关系。

（二）养成既坚且韧的性格

坚，是一种特性，代表着坚硬，牢不可破。可是，强极则辱，刚极则断，作为性格来讲，一味地坚硬，未必是一件好事。在坚硬的同时，更需要一种百折不挠的韧性。做人，要懂得进退得当，能屈能伸，会灵活，懂迂回，这才是真正能成大事的性格。

（三）固执狭隘的性格不可取

狭隘性格之人，常常小肚鸡肠，见识短浅，且十分固执。一般这样性格的人，生活中，凡事在自己掌控范围内，尚且能够游刃有余，我行我素，一旦超越了自己的掌控范围，就会心有余而力不足。但又因本性固执而不肯轻易听取他人意见和建议，往往坚持己见，很多行为容易引起他人反感，常常是"志大量小，后事难料"，很难获取好人缘。

（四）刚愎自用的性格是人生大敌

刚愎自用，是一种性格上的大缺点，其表现形态，往往与坚韧和刚毅表面相似，其实不然。这种性格的人，不仅仅是固执，倔强，唯我独尊，一意孤行，说白了很多时候还会有点自己和自己过不去的感觉。这样性格的人一般会不假思索就拒绝别人的美意和帮助，经常会给对方很不舒服甚至不可理喻的错觉。久而久之，朋友会越来越少。

（五）变被动为主动的性格让你赢得人生

世界上聪明的人到处都有，而成功者却在少数，这是为什么呢？其原因在于，多数聪明人在有了一定成功条件的时候，仍在想着投机取巧，寻求捷径，反而错失了奋力一拼的良好时机；而那些真正成功的人却从不一味地等待时机，而是一直主动地去创作机会。主动和被动仅一念之差，但结局往往是天壤之别。

拥有主动性格的人，常常会主动想方设法地去解决工作、生活中遇到的难题，就算失败也不会灰心丧气，这种人韧性极强，且不怕碰壁，很少错失良机。而被动性格的人，在面对工作与生活的时候，很难根据变化及时地调整自己的应对之策，总是固执己见，自我感觉良好，以心存幻想、侥幸心理等待理想中的结果，往往差强人意。

（六）太直的性格不讨人喜欢

日常生活中，我们身边不乏性格耿直又不善迂回的人，虽然他们直来直去，心中没有半点花花肠子，却往往还是不能很受大家喜欢。

过于耿直的人，做人常常求全责备，容不得身边的人有一点点弊端，也容不下一点点不合己意的小事发生。通常，这样性格的人追求完美，却总是忽略了现实规律的十全九美。人生不如意十之八九，何必那么委曲求全。

不过，具有耿直个性的人，大多正直，不屈于俗流，这会让他们在人群中显得鹤立鸡群，风骨铮铮。也正是由于这种性格，他们忠肝义胆，不畏权贵。

都说性格决定命运,一个人的性格,影响着一个人的言行举止、待人接物,以及处事风格。每个人都有不同的性格,不同的特点,利弊相成。性格需要优化,好的性格能使人获得幸福,它是卓越的行动力,也是潜能的发挥者。

人的一生,是自我磨炼的一生,也是不断完善的一生,保持乐观的心态,学会给予和奉献,常怀感恩之心,让好的心境铸就好的性格,好的性格成就最好的运势。

－ 做一个精致的女人 从容优雅 －

漂亮的女人有很多，然而精致的女人却并不多见。漂亮的容貌是一种让人无法忽视的魔力，但这种魔力并不能等同于魅力。在漂亮和魅力之间绝不能单纯地画上等号，因为漂亮的女人不一定有魅力，但有魅力的女人，一定会给人一种漂亮的感觉，那是由内而外的一种内涵，一种气质。

曾经以为，精致的女人是天生的，风姿妖娆，容颜姣好，就连举手投足之间，都不失端庄优雅。

后来才明白，女人的精致，并非天生，而是修炼而来的。

有一句话叫作：没有丑女人，只有懒女人。

做一个精致的女人，就要学会像花儿一样活着。每天晨起，不论天空是晴空万里，还是乌云蔽日，都不要忘了站在镜子前，给自己一个从容的微笑。人生难免阴晴圆缺，心情可以低落，但积极乐观不能少。

做一个懂得装扮自己的女人，人们常说，女为悦己者容，我却认为,这世上没有谁是谁永远的观众,就算没有悦己者,也要为自己而容。

无论是发型的选择,还是衣服的搭配,甚至是鞋子的颜色,都应该是一个追求精致的女人需要在意的细节。所谓下得厨房,自然也要上得厅堂。

以前的主持老师曾对我们说,形象,是一种礼仪,出门不修边幅,不仅仅是对自己的忽视,更是对别人的不礼貌。从那时起,主持老师就要求我们所有女生,不着妆者,不得进教室。时间久了,学会化妆,就形成了一种习惯,并上升为一种生活态度。

是的,精致,它就是一种生活态度。

所谓着妆,并不是胭脂俗粉,浓妆艳抹,只需清新淡雅,给人一种良好的精神状态即可。倘若出门前犯了选择困难症,一时难以抉择穿哪套衣服最合适,那就穿你平日里感觉最合适的那一套。这世上本没有绝对的好坏之分,所谓最好,莫过于适合自己的。

精致的女人,应该像花儿一样活着,温暖向阳,经得起风雨,受得住恩宠,耐得住寂寞,守得住时光。不仅要有花和般儿的美丽,还要有花儿的坚强,花儿的胸怀,以及花儿的智慧。如此,才能有如花的人生。

当然,精致的女人绝对不是一个仅有金玉其表的花瓶。

精致的女人,懂得自我欣赏。它是由理智与客观的认识,而引发出的一种自信。自信是一种气质,它会使女人在为人处世上从容、平和、知性、大气。

精致的女人,必定懂得充实自己。作为女人,没有什么都不能没有思想,思想体现一个女人的内涵。这是成为一个精致女人很重要的一点。你可以没有工作,但不能没有理想;你可以没有足够给力的经济来源，但绝对不能失去提升自我价值的动力。光有外表的女人不过是昙花一现，唯有内在，才是一个女人耀眼的坚实后盾。

依旧是我曾经的主持老师，她曾在移居国外之前对我说过一句话："如果你会想念我，那就答应我，以后的日子，每天都不要忘记读书。"

时至今日，虽然我们已经很久没有联系了，但我真心感谢这位老师对我的谆谆教诲。想要成为一个如花的精致女人，必定是一个懂得时时为自己加强营养的女人。当然，也不仅仅是单纯的读书，欣赏一部好的电影，翻阅一些正能量的杂志，旅游、交流，都是汲取营养的渠道。

岁月，会成就最好的你。得体的装扮，优雅的举止，丰富的见识，由内而外散发的文化素养，以及你做人的原则，秉承的信念，都将成为你炫丽精致的资本。

- 将心比心 -

随着年龄的增长,我们的生活越来越有规律,越来越循规蹈矩。曾经随意任性,被看作是回不去的青葱岁月;而今成熟稳重,却是岁月赐予的成长与沉淀。于是,什么时间要做什么事情,就像一道道程序,日复一日照映在我们每一天的时光流逝中。

或许,正是因为如此,才会有了越长大越孤单这句话。以前,交一个朋友很容易,一句话,一个眼神,无所谓心灵的契合,思想的共鸣,能玩儿到一块儿,就是朋友。因为心思纯澈简单,所以情感也简单。

现在,得一真心挚友,仿佛是大浪淘沙。那扇尘封已久的心门,落满了岁月的尘埃,不再轻易任人出入。纵是受得起缘来的喧嚣,亦是受不起缘去的寂寥。与其起落浮沉,不如干脆沉寂,日子也就过得如同流云行水,风平浪静。

人生有时候,就像是一部起伏有致的小说,每一个情节,都环环相扣,不可删改。朋友,不过是心灵的归宿。至于路途的沟壑,终究还是要自己去填满，去跨越。

每个人的一生，都会邂逅几段或深或浅的缘分。只是时光长短，聚散分离，皆由不得你我做主。就算没有谁能陪伴自己走到最后的终点，我们也依旧会感恩那些相逢的时刻，深情的相伴。

与曾经不同的是，以前，不会太过认真，即便觉得彼此不够契合，转身拜拜便是。而今长大了，便不会轻易认真，亦不会轻易淡漠。或许，这就是成长，因为不再年轻，也不再轻狂任性。

既重情，又很随意。所谓君子之交淡如水，在一起时，惺惺相惜；不在一起时，彼此牵念。可以心灵交汇，也要给彼此留出足够的空间。友情的经营，需有一定的艺术性。不能太过于重视，否则对方会觉得压力很大，会被你的重视压得喘不过气；但又不能过于疏忽，疏忽到漠不关心。

相伴的岁月，开心最重要；相处的两个人，要学会彼此包容。生活没有那么多恰到好处，言语没有那么多恰如其分。你若计较，处处是争议；你若宽容，事事皆和谐。

都说，人这一生，知心的朋友，不需要太多，三两足矣。我亦是觉得，情有所衷，是一种信仰。喜欢一个人，就是一种感觉，就像谈一场恋爱，只要是对的人，她便可以瞬间点亮你的眼神，直入你的心房。

懂你，无言也默契；不懂，言多亦废。我是一个随性率真的人，喜欢大气豪迈的朋友。和相处不累的人在一起，和心胸宽广的人共悲喜，不用担心撕下伪装会被嫌弃，也不必害怕纵情豪放会被以为是疯子。

友情不是一幕短暂的烟火，而是一幅真心的画卷；友情不是一段长久的相识,而是一份交心的相知;友情不是一堆华丽的辞藻,而是一句热心的问候;友情不是一个敷衍的拥抱,而是一个会心的眼神。

喜欢一个人,始于真诚,终于品行。在一起,没有开不起的玩笑,也没有受不起的冷落。哪怕是多少天的无暇顾及,需要的时候,依旧能出现在身旁,无怨无悔。这不是我对朋友的要求,而是我对朋友的态度。想说就说,想笑就笑,想哭就哭,无条件地信任,不设防地依赖。相知的两个人,从来不需要任何解释。你对我好,我会对你更好。

－ 不殆时间 不负自己 －

生命，就像是一张借记卡，从你呱呱坠地，还未有名字的时候，你生命的借记卡就已经毫不延迟地启动了它的业务。

储存在生命借记卡上的数字，就是你这一生所有的时光。你此后生活的每一天，都是对这张借记卡的消费。虽然，你是它的主人，但你却不知道它的多少。幸好不知道，我们才会一边消费着卡额，一边无忧无虑地生活。懵然向前中，支出着我们生命有限的时间，于万千世相的一片混沌中，等待着这张卡的归零。

常常，有很多事情不能如愿以偿，我们会安抚自己来日方长，以后有的是时间。于是，在接下来的日子里，就开始了碧落黄泉，不及不归的执着。人在很多时候，都是盲目的。越是不可及，越是仰望；越是得不到，越是心念。却不知道天地苍茫，处处都可以花香满径，何必一条路走到黑。难道，你不相信自己，值得走过更美丽的山水，收获不一样的风景吗？

生命就是一张纵横交错的网，当你行至穷途末路的时候，切莫忘了转身回望。人生不仅需要一往无前，有时候，来个急刹车，急转弯，未必不是更好的选择。把那些求不得，又舍不下的优柔寡断，转换成不颓败，不纠结的乐观情绪，换条路走，说不定天宽地广。不忘初心，方得始终；不殆时间，不负自己。

阡陌红尘，我们形同尘埃般地行走，总有些人留住我们回眸的眼神，羁绊着我们前进的脚步。于是，我们也曾驻足，也曾动情，却不想生命有很多相逢，不过形同一阵风。你感受得到它的擦身而过，却终是留不住它随性的身影。纵然在你耳边轻吟浅唱，亦不过是一场美丽的缘错。

向来，真诚，才是静水流深，是搭建人与人长情的桥梁。否则，谁都没必要拿一份热情典当成廉价的守候。不要把别人的谦和友善误解成你的高高在上，那不过是别人的涵养素质。毕竟，在这世上，谁都不是谁的谁，若有，锦上添花；若无，亦自在潇洒。你若懂我，携手一程；若是不懂，各自前行。

有限的生命，却要划分为无数个阶段去消费。不论你行经生命的哪一站，都要为值得停留的风景而驻足。你的消费，总要换来你该拥有的东西，而不是白白虚度。拿得起，放得下，干脆利索，做出果断的选择，毅然走入下一段行程。

很多时候，你觉得，破釜沉舟，从长计议是艰难的，是前功尽弃的，却不想，当你纠结于一件牵强附会的事情，久久踌躇，牵绊左右的时候，亦是一种破费。因为，你付出了时间，透支了你的借记卡。而你透支的这部分，本身它就是一种无偿的损失。

不要浪费感情在不值得的人身上，也不要花费时间在没意义的事情上。你认为的固守，只不过是自己的掩耳盗铃。你廉价地消费着自己最宝贵的东西，却不知道它原本值得与岁月来一场更有价值的交换。

时间会告诉你，万物之始，大道至简，衍化至繁。

唯有理性消费，有舍有得，生命才会更加的充实有效。直到有一天，那张手中的借记卡即将被清零的时候，我们回首，查询这一路走来的每一笔消费，都能够欣然一笑。觉得曾经有过的每一笔支出都是值得的，扪心无悔，不觉有憾，这一生，也就算得上圆满了。

- 遇见最美的自己 -

是谁说过，最美的风景，总是在远方。而我，向来，都只是一个清淡之人，无所谓近处，抑或远方。只要心自澄静，必是春暖花开。

置身于温情的五月天，我将毕生的柔情绽放成一片花海，独自芳华。往来如风，离散随缘，不喜世间纷繁，亦不受情念牵绊。轻倚时光的转角，握一缕阳光，染一指花香，盛露煮茶，静看时光清浅。在一处花红间低眉，掬一捧清泉浅笑，时光不老，岁月有情。

一直觉得，生命，是一场最美的遇见，无论是遇见一个人，还是遇见一场美景，皆是缘分。月下对坐，雨中漫步，踏青折花，风中呢喃。多少美丽的过往，随了流光远去；又有多少注定的宿缘，因了誓言而遇见。

佛说："万法皆生，皆系缘分。偶然的相遇，蓦然的回首，注定彼此的一生，只为眼光交汇的刹那。缘起即灭，缘生已空。"

人有悲欢，月有盈亏，楼有兴废，人生浮沉，皆是如此。每一次转身，都是另一种期待；每一次离别，都是为了更好地相逢。不去怀古,也不思今,只放下心中枷锁的束缚,独倚栏干,看长风碧浪,观云卷云舒。

人生,无须锐利的锋芒,且让时光将棱角打磨,以阳光的温度,融化残留于心的些许凉薄。望天地日月,将无尽苍茫尽收于心。凭着这份苍茫,便可以坐在这静好的岁月中,看到若隐若现的远方。而人生,更是因为胸怀海阔,才可以内蕴深藏,明亮透彻。

借阳光的沐浴,草木的深情,我将心中的一抹情怀,播撒。遇见雨,则是一场甘霖的滋养;遇见风,则是一程洒脱的相伴;遇见花,则是一场惊艳的眷恋;遇见蝶,则是一场鹣鲽情真。

那些所有途径岁月的美丽邂逅,纵然只是一个梦境,也足以丰盈那些流年光影。随意或者经意,有情抑或无情,但来过,便会用心去品味;走后,也将经久去回忆。

而我们,只需要以一朵花开的姿态,随意缘起与缘落。尘缘从来都如水,何尽一生情?夜空中绽放的灿烂烟花,从不会向人倾诉,它化作尘埃的寂寞,是一种怎样的温暖。宁可只留下一地繁华散尽后的落寞,一地破碎,却不曾悲伤。你若伤情,可以为它悼念,却无法改变它的坚持。经年以后,渐渐懂得,原来唯淡定从容,才是最优雅的自己。人间久别不成悲,无论星月如何沉沦,亦不曾低落。

其实,所有的相逢,终有一别;所有的离别,都会以另一种方式遇见。遇见,是生命中最好的成全。

遇见所有人,不及遇见最好的自己。守一树梨花似雪,静伴一池素色莲荷,以一种遗世的安静和优雅,看光阴在不经意间流逝。花开,听雨;花落,随风……就算沧海桑田,我依然静默独守这时光的一隅,山重水复皆是过客,唯自己,是这千帆过尽驻足的归人。

窗外,一帘细雨撩人心怀,我怀揣一方云烟,细数情怀。当雨停花未落，彩蝶又翩跹时，我便知道，彩虹桥下，清风过处，又将是一场最美的遇见，绽放于世。那份氤氲于时光深处的惊艳，温润着这一季，你若懂得，便是芳菲盛世。

蕴藏深远的季节，需要我们用心地品味，轻柔地抚触，才知其底蕴的厚度。伴一缕阳光温暖于心，携一片云朵自在于情。让我们向展翅的鸟儿，借一双翅膀，放飞于海阔天空。以人生最恬淡的心境，素颜修行，优雅老去。

03 草木皆禅

－ 沉静 禅定 －

习惯了走在去往办公楼的草丛小道间,听一曲极具禅意的音乐,缓慢地行走。习惯了拾取文字,醉在其中,在自己的世界里,自说自话。

不知不觉地,外面的风景早已淡忘,那葳蕤了一季的花事,仿佛只是演绎一场静忘尘世的禅意。花开无声,花落无语,缘来欣荣,缘去归尘,不过如此。

总是固执地沉浸在一指墨香里,挥洒一方水墨丹青;轻柔地,小心地触及心底的柔软。将一点点心事,一丝丝感触,缓缓地流淌于文字里,穿越在时光中。

这一世活来,也学花开花谢,风雨且经风雨,晴朗安享晴朗。沉默地盛开,平静地零落。

总以为,凭借自己内心的这份平和,就足以将日子过得清新简明,却不想人生的路过,每一程都是千头万绪,百感交集。

努力地做那个在阳光下奔跑的人,可终究还是难免阴霾雨落。

逞强地想要成为最"彪悍"的人，却还是会有心酸疲惫。我常说，人生是一场修行，奈何，修为总是略差一筹。

在这世上，有两样东西是不可直视的，一是太阳，二是人心。读不懂的人心，就像看不透的阳光底色，越是直视，越容易受伤。

对于感性的人来讲，人生未等百味皆尝，于心就已冷暖尽知。所谓看破红尘，我想，必然也包括看破世俗纷扰。虽非圣贤，却也真真儿地厌倦了那些真假繁华，人情虚实！我不喜欢演戏，人生已然如戏，还刻意去演，那还能有一分真实存在吗？或许，总有一些人是你读不懂的风景，就像可能没有人读得懂自己的所想一样。

于是，当岁月洗礼，当千帆过尽，当浪淘情义，当冷暖温婉，当生命经历了离愁别绪之后，那些恩怨对错也都释然归零。我便终是在心静如水之下，找到了最终的灵魂归宿，从此启程信仰之路！

愿良善积德，慈悲救赎。今后的岁月，便是走坎坷，历风雨。听一曲梵音，放空心境，让风雨浅释岁月美丽，便可捻指清欢；听花开，看雨落，悟一笺禅意，得般若之慧，以纯澈之心感悟婉转流年，便是人生岁月静好。

- 心清则静 心静自宁 -

佛说：一切处无心是净；得净之时不得作净想，名无净；得无净时，亦不得作无净想，是无无净。

若说，人生是一场修行，其过程就像是作画，一开始为了要画好，便要找个安静的地方，你全身心投入，自然不会在过程中考虑你是否会被外界打扰。倘若你无法静心，边作画边思虑担忧这个问题，那就算再安静你也会被这个问题本身所干扰；待你水平很高后，就算很吵你也能安心作画，不会想这些外界问题会不会影响自己，那么此时，有没有干扰，对你来说就是一样的了。

说白了，人活的就是一种心境。生活就应该学会去繁从简，心静自宁。

简单的生活让人轻松快乐，简单的欲望让人平和宁静。因为简单，才深悟生命之轻，轻若飞花，轻似落霞，轻如雨丝；因为简单，才洞悉心灵之静，静若夜空，静似幽谷，静如小溪。

净心守志，可会至道。人这一生，形如微尘，起落浮沉于尘世间种种幻象。一忧一喜皆心火，一荣一枯皆眼尘。立志要如山，行道要如水。不如山不能坚定；不如水不能曲达。

人总是难舍七情六欲，欲望是人遭受磨难的根源。诚然，欲望可以使人得到欢乐和幸福；但这欢乐、幸福的背后，却总也少不了心醉。

命里有时终须有，命里无时莫强求。很多时候，无心插柳柳成荫，则是意外的惊喜。若刻意而为之，希望越大，反而更容易差强人意，失望更多。

孟子曾说过：养心莫善于寡欲。任何一件事，纯粹因为喜欢而坚持，你就会越努力越幸运；倘若你心存杂念，急功近利，必然会产生无形的变质。

人生至高的境界就是在纷繁中淡定心弦，心静时，过往的纠缠与虚荣名利，都可以搁置在一边晾晒。阳光入心，会温暖你一路走来所有的艰难辛酸，而你，却可独享此刻宁静的光阴。

非淡泊无以明志，非宁静无以致远。一颗安静的心，舍得丢下尘世间的一切，譬如荣誉，恩宠，权势，名利，繁华。因为舍得，所以淡泊；因为淡泊，所以安静。无意去抵制尘世的枯燥与贫乏，亦不在乎陌上多少繁花争艳，只是想静享内心中的蓬勃与丰富。真正的安静，来自内心，淡泊宁静，不为尘世的一切所牵绊，只追求自身的简单和恬淡。

人生的境界，说到底，就是心灵的境界。若心乱神迷，无论你走多远，皆是捕捉不到人生的本相，领略不到有韵致的风景。唯有心灵的安静，方能铸就人性的优雅。这种安静，是得失后的平和，是成败后的淡然，更是荣辱后的从容。

佛说：心有一切有，心空一切空；心迷一切迷，心悟一切悟；

心邪一切邪，心正一切正；心乱一切乱，心安一切安；一切为心造，无心自解脱。

一念放下，万般自在。

于是，我不再执着，不再为难自己。放下手中的笔，搁置心中的愁，我将心中所有的杂念都剖析在阳光下暴晒。然后闭上眼睛，感受阳光的和煦，清风的柔婉。心清则静，心静自宁，心宁则明。

拾一段光阴暖心，剪一窗风景怡情，观一池湖水静心，抛俗尘杂念修心，持一颗云水禅心，便是最美的清浅岁月。

— 心灵 一定要以善良为本 —

善良给对了人，会对你感恩；善良给错了人，会让你寒心。心软给对了人，会对你情深；心软给错了人，会让你痛心。宽容给对了人，会对你热忱；宽容给错了人，会让你窝心。我们生活在这样一个凡尘俗世，喜怒哀乐，七情六欲，不过是寻常。不论是承受冷落，还是接受拥抱，心灵，都一定要以善良为本。

人善，人欺，天不欺，别人欠你，天还你；人好，心好，有好报，别人不晓，天知晓；人真，情真，得情深，以心换心，是真理；良心，善心，和好心，一辈子活的就是一颗心。

不管与谁相处，信任，才能拉近距离；真诚，才能走进心里。不管世界怎么变，社会怎么乱，正直，永远最可贵，善良，永远不过期。一个真诚的人，走到哪里都会有人喜欢。因为说话认真，做事用心，为人诚恳。一颗善良的心，和谁相伴都能长远。因为懂得体谅，用心包容，知道尊重。人这一生，好名声，是用有情有义赚来的；好感情，是用实心实意换来的；好人品，是用言行举止打造的，好人缘，是一朝一夕得来的。

不了解一个人，请不要贸然评价，常常，你看到的只是一种表象，听到的，也不过是别人的片面之词。每个人都有每个人不同的人生价值观和行为准则，你不是别人，又怎知别人的不易；没有深切的了解，又怎懂别人的内涵。言于律，行与礼，是一个人善良的基础。

欣赏别人是一种境界，善待别人是一种胸怀，学习别人是一种智慧，理解别人是一种宽容，感恩别人是一种升华。学最好的别人，做最好的自己。

心怀善念，能利人；心怀感恩，能利己。学会换位，人生才有和谐；知道感恩，岁月才有温暖。人生之光，是一颗宽容的心；岁月之好，是一份随缘的爱。懂得，才会不怨、不恨、不躁。上善若水，才能厚德载物。

人活一世，切忌傲慢。有言道，十年河东，十年河西。家财万贯，买不了时光驻足；身无分文，不一定前途未卜。一颗友善的心，就像冬日的暖阳，不仅可以融释霜雪，更能照得遍地花开。心若有善，处处皆有爱；心若花开，步步皆生香。

活在这世上，每个人，都沿着不同的轨迹在前行。人生是一趟单程车，我们最应该做的，就是心存善念。曾子曾说：人而好善，福虽未至，祸其远矣。善的源泉就在内心，如果你挖掘，它将汩汩地涌出，滋润所有干涸。

珍惜今天，期待明天。那些走过的，错过的，都不再回来；丢掉的，失去的，都不复拥有。以一颗纯善的心，微笑示人，这世上除了生死，哪一样不是小事。

其实，每个人的心底都有一颗善良的种子，善良是灵魂的微笑，是对生命的感恩,是一种至善至美的心灵境界。善良可以驱赶寒冷,横扫阴霾。善良的心,像真金一样闪光,像甘露一样纯洁。善良的人,会爱自己,更爱别人。

以一颗善良的心来对待生命的际遇,生活就会处处明媚。与人和善,于己宽容。每一份善良都浸润着生命的最美时光,岁月流逝,即使有一天容颜不再,相信生命,也会因为善良而年轻美丽,永不凋零。

— 任时光流转 我心如初 —

人的一生，总是在不断地行走，穿过四季风景，转过岁月迁徙。"今日，别人是你的风景，明日，你又装饰了别人的梦"。有情人生，无情岁月，生命中走过的一朝一夕，一来一去，终究，都是需要我们去亲身经历。

人生就像是一篇文章，只有经过多次的精心修改，才能获得不断的完善。那些删减的篇章，就像是生命中来了，又走了的人；得到，又失去的物。尽管放手之时，心有不舍，但它终究不适合于整篇文字的思路与轨迹，强行留下，只会让整篇文字都变得烦冗而复杂，牵牵绊绊间，就失去了原汁原味，茫然而缥缈。

而那些新增并且最后留存在篇章中的段落，便是生命中最美的缘。它们恰如其分的融合，舒适宜人的衔接，反而更是浑然天成，回味无穷。

这世上最快乐的人，不一定拥有着最好的东西，只是他们充分珍惜了生命中已有的一切。

生活就像一杯白开水，你每天都在喝。不要去羡慕别人手中的饮料有着诱人的颜色，不同的口味，其实，那些都未必能抵得过你的白开水解渴又健康。毕竟，生命的延续，就是需要这种纯粹无杂质的纯净水来滋养，而不是那些有着五颜六色的饮料。

无论是去爱一个人，还是要做一件事，一时的心情，终究无法给得起我们不移的定力，唯有把坚持当作信念，才会收获不一样的成果。日月追逐也好，风雨飘摇也罢，千百年来，唯有沉静若水，才能流转着不变的碧波清音。

远去的，还会走近，等待的，不再漫长。那些落花满径的石板路上，总有细碎的阳光，从树叶的缝隙间洒落下来，零星斑驳，却是温暖着雨落的凉薄，温润着饱经风霜的尘心。

云水一梦的人生，我们就像那漂泊在河上的寻梦人。看过流水落花的风景，赏尽星月交辉的夜空。划倦舟而来，水乡旧宅而居，喝几盏新茶，看一场老戏。于春花秋月间，淡看岁月流转；就云水禅心下，静默诗和远方。人生，总要有最朴实的生活，和最遥远的梦想，哪怕天寒地冻，路遥马亡，只要信念不变，初心依旧。

在每一个看似平凡却并不平淡的日子里，采集荷花清露，烹一盏莲花清茶，静品在岁月的深处。哪怕年华老去，美丽荒芜，亦是要畅饮人生。纵是那些被岁月覆盖的花开，在白驹过后零落成一片空白，依旧可以随流水潺潺，赶赴下一场更绚烂的花期，不至不归。

行走的人生，何时启程，都不算晚，可是你能走多远，才是关键所在。拥有什么并不重要，重要的是，你能拥有多久？

或许，越是遥远的路途，越是需要平和的心态。烦时，静一静；急时，缓一缓。看淡，心境才会秀丽；看开，心情才会明媚。静水，才能流深；宁静，方能致远。

潮起潮落，月缺月又圆；沧海桑田，春去春又归。任时光流转，我独倚幽窗，随清风曼舞，与花草凝眸，斟一壶清茶，剪一段时光；执一支素笔，墨我心如初。

－ 任岁月变迁　我心不惊 －

生活可以复杂，也可以简单，就看我们拥有怎样的心态。简单就是真实，平淡就是从容。没有虚伪，不戴面具；不去张扬，净心淡泊。荣也好，辱也罢，一切好的不好的，不过是岁月变迁的填充物，因为到最后，都会成为过去。

上天给我们困难，是让我们看透事物；给我们失败，是教会我们如何更好地成功；给我们孤独，是让我们学会慎独和反省。此处失，他处得，有人让你哭了，就会有人让你笑，这是上天对待每一个人的公平。

人生路上不是每轮艳阳都暖人，不是每片云彩都下雨。一些事，想开自然微笑，看透肯定放下。人在旅途，心宽，才能海阔天空。

学会换位，人生才有和谐；知道感恩，岁月才有温暖。活着，就是一场修行，而真正的修行，不在一张能言的嘴上，而在一颗向善的心里。人生之光，是一颗宽容的心；岁月之好，是一份随缘的爱。

世界上最美丽的风景，就是你有一颗善良的心，散发着优美的磁场和魅力，走到哪里，就能照亮到哪里，温暖到哪里。

　　人生，总有许多沟坎需要跨越；岁月，总有许多遗憾需要弥补；生命，总有许多迷茫需要领悟。美好是属于自信者的，机会是属于开拓者的，奇迹是属于执着者的！你若不想做，总会找到借口；你若是想做，总会找到方法。坚持未必是胜利，放弃未必是认输，与其华丽撞墙，不如优雅转身，给自己一个迂回的空间。学会思索，学会等待，学会调整。很多时候，比起执着，我们更需要的是回眸一笑的洒脱。

　　一直觉得，人生就像是培育种子。你投入的每一分努力，都会在未来的某一天，回馈于你。而你所要做的，就是每天多努力一点点。在这路上，别人拥有的，不必羡慕；自己没有的，不要失落。相信，只要努力，时间都会给你。

　　没有播种，哪来收获；没有辛劳，哪来成功；生活本来就是平淡如水，放一点盐它就是咸的，放一点糖它就是甜的，想调成什么味道，全凭自己。

　　成功没有快车道，幸福没有高速路，一分耕耘一分收获，所有的成功都来自不倦的努力和奔跑，所有的幸福都来自平凡的奋斗和坚持。

　　坚持，不是心动，而是一种行动，就是简单的事情重复做，重复的事情认真做，认真的事情努力做。一点一滴的积累，你就会发现，原来成功的路上并不拥挤，因为坚持的人并不多。

　　生活就像浮在水上的鸭子，表面上从容淡定，其实水底下在拼命地划水。想要过好的生活，就要拼命努力。优雅需要底气，华丽需要实力。

　　总有人羡慕你，也有人讨厌你；总有人忌妒你，还有人看不起你。没关系，生活就是这样。你所做的一切并不能让每个人都满意，不必为了讨好别人而丢失自己的本性。一样的眼睛，不一样的看法；一样的耳朵，不一样的听法；一样的嘴巴，不一样的说法；一样的心，不一样的想法；一样的钱，不一样的花法；一样的人们，不一样的活法。别人嘴里的你，不是真实的你。你无须告诉每个人，那一个个艰难的日子是如何熬过来的，大多数人都看你飞得高不高，很少人在意你飞得累不累。

决心走一条路的时候，就不要左顾右盼，风景再美也别留恋。起风的日子学会依风起舞，落雨的时候学会为自己撑一把伞。幸福就是，即使累了，还能笑着活出自我，努力奔跑。任岁月变迁，我心不惊，凭时光流转，我心如初。

－ 人生的每一刻 都在为自己的明天铺路 －

  世界上有一条很长很美的路，叫作梦想；还有一堵很高很硬的墙，叫作现实；翻越那堵墙，叫作坚持；推倒那堵墙，叫作突破；坚定不移的过程，叫作定力；不忘初心的努力，叫作信念。
  很多东西，先决条件很重要，但那不过是一个起点。更重要的是后天的努力，它会带给你意想不到的收获。
  行在路上，难免会有失落与坎坷，你把它当作绊脚石，它就会让你一蹶不振；你把它当作踏脚石，它就会助你登高望远。
  你的心态，会支撑你一路的发展；你的眼界，会决定你选择的方向；你的格局，会意味着你成就多大的规模；你的毅力，会支持你走得更远；你的用心，会注定你做出多好的成就。人，不在于你的起点，而在于你是否坚持自己的目标，心在哪里，结果就在哪里，一切在于自己。
  成功的道路，不怕万人阻挡，只怕自己投降；成长的帆，不怕狂风巨浪，只怕自己怯懦。

真心想做一件事情的时候，再大的困难也可以克服；不想做一件事情的时候，再小的阻碍也会成为却步的理由。

几乎每个人都听过"不忘初心，方得始终"，却少有人知道下一句"初心易得，始终难守"。做任何事情，难在坚持，也贵在坚持。

人生最好的状态，是每天醒来，面朝阳光，嘴角上扬。不羡慕谁，不讨好谁，默默努力，活成自己想要的模样。

路要自己选，事要自己拼。宁可流汗，也不要流泪；宁可偶尔哭泣，也不要随意放弃。人生的精彩，要靠自己去书写；生命的辉煌，要凭自己去创造。

不经历风雨，怎能见彩虹？不走过低谷，怎攀得高峰？

坚持，不是为了感动谁，也不是为了证明给谁看，而是要知道，一路奔跑，总比原地踏步要好。

更多的时候，努力，不是为了博得虚名，更是为了心中的梦想，一份尊严，一份理想。看似追名逐利，实则追求自我成长。人这一辈子，总是要向前走的。岁月的洪流，不会遗忘任何一个人。就看你是踉跄地被动而行，还是大步地主动而驰。再远的路，走着走着也就近了；再高的山，爬着爬着也就平了；再难的事，做着做着也就顺了。

当一个人熬过了最艰难的时候，就不想再去寻找任何依靠。沉默不是因为词穷，而是因为从容。不抱怨，不忌恨，淡然一切，往事如烟。现实有多残酷，你就该有多坚强。

水滴石穿不是水的力量，而是重复的力量。重复的能量，不是相加，而是相乘。有路，就大胆去走；有梦，就大胆飞翔。人生的每一刻，都是在为自己的明天铺路。要知道，逆风的方向，更适合飞翔，你觉得吃力，恰巧就是成长。

经年放不下的执念 未必值得心心念念

每个人的心中，都有一份执念。或许是一个人，也许是一件事。那是内心深处的死角，被如水的时光淹没，被岁月的尘埃掩盖，却就是不能被自己的内心放下。

总是喜欢在无人的时候想起，假装若无其事，实则从未放弃。

多少次夜深人静时，千头万绪，咫尺千里。美景良天，执念成殇，空有相怜意，未有相怜计！

你在乎的，始终留不住，比辜负还辜负；你执着的，注定要受苦，比错误还错误。

花开未央，尚且有雨露滋养，落红不语，尚且有清风相抚。倘若痴愚不移，亦可换得半分怜取，或许将错就错，也不枉一场倾心痴迷。可事实证明，你的情深，不过云淡风轻，你的去留，更是无关痛痒。

多少次，我循着古老的传说，在时光的隧道里，为你落花成冢。满攒的相思，随花瓣片片纷飞，却始终难以企及你的心田。于是，便尽数枯萎在我的心海，伴随忧酸的疼，化成了晶莹的泪，滴落在了如坚的磐石上，衍生着曾经的伤痕。

曾经，你是我所有快乐的源泉，而今，你是我毕生相思的痛点。

痛，是自找的。没有人领情你的铭记于心，也没有人感念你的坚定不移。你有没有想过，你所谓的难以放下，恰是对方最反感不屑之因，你一心的情有独钟，却正是对方轻视想逃之由。

人这一生，就像是一幅拼图，相遇的每个人，经历的每件事，不过都是人生这幅拼图里的一个图块而已。

绚烂至极，归于平淡，很多时候，淡然比热情更金贵，被动比主动更有价。

你清高自傲，相拒于千里之外，却得穷追不舍，奉若至宝。反之，你感念于心，回之以礼，却见一副装模作样，恨不能上天之态。

其实，执念，是作茧自缚。如烟的尘世，三千繁华，有多少美丽的风景可以暖心温情。与其让心中的执念疯长成坚冰难融，何不干脆挖去。放下，才是对自己的善待。

不论是放下一件事，还是从此放下一个人，心若不惜，情亦不再，是留给自己最后的骄傲。

留下内心的那个角落，在春暖花开的季节，不妨，给它一个沐浴阳光的机会。扬一把春光明媚的种子，开一场馨香四溢的花红，你会发现，经年放不下的执念，原来根本不值得你去心心念念。

退一步，不仅是释然一份执着，更是给自己一番海阔天空。浩渺的尘世，总有一汪池水为你而清澈，也总有一处风景为你而成画。山是水的故事，云是风的故事，而你，始终不是执念中的故事，你又何必强求那一份缘浅的情深。

一个人也好，一件事也罢，留不住就不留，得不到就不要。相信自己，值得拥有更好。

试着放下执念，还自己一份淡然豁达。心中的空缺，终究会被时间赋予充盈，恰如所愿。

- 人在旅途 且行且珍惜 -

听久了婉约幽然的轻音乐,偶尔也给自己来一点快节奏的通俗乐。这就像是给自己置换心情一样,让流淌的血液也感受一点澎湃的力量。

正如人在旅途,总是沉湎与回味着过去的美好,时间久了,也不要忘记展望未来,向前奔跑。宽阔的大道,无边的旷野,才是一番盎然的世界。

又是一个清闲的午后。虽说只是浅夏,但艳阳的炙烤已然让人觉得炎热难耐。一个人端坐案前,久久凝神,却是烦乱无章。人总是越长大越孤单,孤单的是手机里的电话号码越来越多,每天接的电话却是越来越少;孤单的是好友已达到会员上限,但可以发话的却是寥寥无几。

当你突然看到一片曾经反复在梦里出现的花海,潋滟葳蕤,五彩斑斓,你兴奋的翩翩起舞,欢呼雀跃。情不自禁中拍下了很多照片留念,过后才发现,这份欢愉竟不知要与何人分享。那一瞬间你突然明白，一路走到现在，所有与自己擦肩的都只是过客，竟没有一个人能永远相伴，看尽旅途风景。

生活中，我们总是容易在毫无征兆的情况下，喜欢上一些人。没什么原因，也许只是一个温和的笑容，一句关切的问候。或许只为一个眼神，一种富有磁性的声音。可能不在一个高度，也可能并非志趣相投。奈何就是心动嫣然，牵念满怀。

青春总是如此，带着疼痛，却义无反顾。情感总是无形，伴随牵念，却遥不可及。时间会告诉我们，简单的喜欢，最长远；平凡的存在，最心安；静默的陪伴，最温暖。

人活一世，感性的同时，总是少不了理性的克制。所以，不是心动，就一定要告白；不是想念，就一定要联系；不是喜欢，就一定要相恋。生命中有太多美好的东西，不适合拥有，只适合藏于心间。

也许，每个人心底都会有那么一个人。已不是恋人，也成不了朋友。时过境迁，亦无关喜欢与否。但却总是习惯性地想起。然后心念万安。有时候，你会选择与一个人保持距离，其实不是因为不在乎，而是在乎的同时，你也清楚地知道，他不属于你，你也不可能属于他。

人生就像是一段长途旅行。总是一个人，一条路，一路奔走，一路回顾。沿途的风景，也许会在你凝眸注视的那一刻，于心间定格成画。但你却永远别想让画中风景，演绎成此生不变的永恒。多少人在我们的生命中来了又走，多少心间的温婉暖了又凉。就像那春去秋来的轮回更替，总是来无形，去无声。

慢慢地，我们终于知道。诚心，并不一定能换来真心；在乎，也不一定能换来不舍。纵是昨日温存依旧，奈何今日陌路殊途。人生在起起落落间，总是有一些情怀，需要安静回味；总是有一些落寞，需要独自体会；也总会有一段路，需要一个人独行；更会有一些事，需要我们坦然面对。

也许，只有淡然，才可宁静芳菲的岁月；唯有随缘，才可释然忧伤的情感。陌上红尘，繁华无数，我们置身其中，不过浮沉一粒。分不清你是谁的谁，辨不明谁是你的谁。到头来，谁都不是谁的谁。既是如此，又何必把一些人，一些事看得那么重要。

来去随缘，得失随意。欣然接受人生的每一次洗礼，缄默前行。接纳阳光，也包容雨露。在人生的旅途上，且歌且行，且行且珍惜。

04 执手天长

- 陌上花开 独为你倾心 -

一直觉得,今生,我是一个孤独的人。

孤独,而非寂寞。

孤独,是一个人的狂欢;寂寞,是一颗心的荒芜。然而,我从来都是独享一个人的狂欢,于文字的世界,于自己的内心世界。

写文写久了,日子都变成了悄无声息的心语心愿。我曾经一度认为,文字创作,是一种自说自话。后来我觉得,我的认为并不完全正确。文字走心,于不解之人,那是笔者的自说自话,这部分人,此刻你可以尽情点头称是;可于懂得之人,却是心与心的无声相汇,就像此刻你顿觉此话入心,如是。

"非学无以质疑,非问无以广识"。人总是越学习,越能发现自己的才疏学浅。为了弥补这一缺失,我常常忽略时间从指尖的划过,将自己关在房间里,沉浸在书本中。正所谓"非学无以成才,非志无以成学"。时间就这样一天天走过,蓦然抬首,窗外已是春意盎然,十里桃花。

我不爱春花妖娆，不爱风摇枝杪，却独爱这桃花满枝头。于是，我抬首含情，柔指相抚，对着镜头，浅笑嫣然，与那朵朵桃花，定格成画。

这个春季，我欲与桃花谈一场恋爱。很久没有那份心动的感觉了，此刻，却是波澜不已。

"桃花深浅处，似匀深浅妆。春风轻摇曳，花瓣落如雨。伫立桃花香，面似桃花娇。心如桃花醉，情似桃花盛。一池春水，碧波万顷；一指柔情，欲语还休"。

用心细看，每一朵桃花都有其不一样的风骨；每一枝桃花都有其不一样的风姿。我徜徉在一片花海，与它们静默相对。我知道，它们定是懂我心意的，所以，"满树和娇烂漫红，万枝丹彩灼春融"。

桃花倾城，我倾心。我爱上了这朵朵娇人的花，瓣瓣芬芳的朵。我仿佛看到它们巧笑倩兮，美目盼兮，只为等待一个懂花之心事者，来应它的激滟之姿。

向来，我就是一个花痴。在这件事情上，我从不否认。但我痴的挑剔，痴的仁慈。挑剔在，并非是花就能惹吾痴；仁慈在，吾痴归痴，发乎情，止乎礼，却从不想占为己有。

这世间，有太多美好的事物，从来都只适合相遇，而不适合拥有。若是喜欢，隔着一层纱的距离，欣然观赏，自当妙不可言。倘若轻易求得，得到之后又觉失了最初的最美，岂非遗憾？

"举所美必观其所终，废所恶必计其所穷。"随着年龄的增长，感性的人生也渐自多了几分理性。人生有很多东西，得如何？不得又如何？

陌上花开，独为你倾心。我将这一见如故的深情，藏于眼眸间。但愿与你相对之时，你能透过柔眸如水，看到我的芳心暗涌；笑靥如花，为你动情，我将这真心的告白，化作风的呢喃，但愿清风拂过，你能听到我的痴心诉语。寂静相对，为你心跳，我将这缱绻的眷恋，暗藏于脸颊肆意盛开的桃花，但愿桃花婀娜，你能读懂它的颔首不语；风采翩然，为你沉醉，我将这花痴的仁慈，隐匿于一个转身的距离，但愿你从一个背影的优雅中，感受到我的深情寄望。

这一季，我只是一个赏花的伶人，一个低头问花，花不语的痴心之人。这一季，我不求心花相惜的鹣鲽情深，我只求雨未停，花未消，不曾拥有，亦不曾远离。

我想，我的世界，你是来过了。但我却不知，你的世界，我是否算去过。花开，正逢时，花落，情缘逝。届时，我在枝头树底觅残红，一片西飞一片东，你可会为我，再停留一个日头，再绽放一次笑脸？

罢了，罢了，终究一场花事自荼蘼，何必此时此刻难为情？待我且以情恋于此时，他日，纵是花谢随风落，亦有深情可回首，美哉。

— 爱你如水 才是永恒 —

一场秋雨，温婉地送走了炎炎的夏日，换来了浅秋的丝丝凉意。花儿依旧鲜红，草木依旧葱郁，就像那携手的爱人，走过了春夏秋冬，流转了季节更替，依旧心动如初识。

其实，真心的爱情，从来就不是什么你死我活，而是一种习惯。习惯了彼此相依，就连夜间原本恼人的鼾声，都是动人的夜曲；习惯了任性撒娇，就连那些会伤心的争吵，都成为生活最美的律动；习惯了朝夕相伴，就连胜似新婚的小别，都成了如隔三秋的煎熬。

作为一个女人，最终想要寻觅的，就是一个宽容的怀抱，里面有自己娇嗔一世的蛮缠。多少娇情，都非不懂知足，而是爱到深处，心无旁骛，便是唯君最重。就像那盛开在阳台上的花红，无论几多娇艳，她的绽放，终究无法触及窗外的雨露甘霖，而只有怜花之人的用心浇灌，才是独宠的滋养。

陌上繁华，千好万好，都比不过你给的最好；鲜衣怒马，千姿百态，都抵不过你深情的依赖；富贵荣华，坐拥天下，都胜不过你的一句真心情话。

爱上一个人，就像上演了一段传奇。任凭长风浩荡，悲喜交集，都能把这五味杂陈之感，就温一壶长情之茶，执念而饮。

在相爱的世界里，有谁，能由始至终确保百分百的真？没有修饰？没有矫作？而那一生中掺杂的哪怕百分之三的假，也不过是想能够把那个心爱的人，永远地留在自己身边而已。

那些为爱用心的人，才更弥足珍贵，那不惜为情失真的心，才更值得彼此珍惜。

不能朝夕相守的岁月，你，便是我放飞的一只风筝，即便不能随意星空夜话，手中那握着的不断的长线，也一样可以沟通彼此牵念的心语。

我想将对你的情感，化作一缕春风似雨柔，期待那缱绻的痴缠，能够温暖你的心房，生生又世世；我想将对你的依恋，寄予那天边闪烁的繁星，但愿那点点的星光，照进你的窗前，伴你安然入梦，犹如伊人侧。我更想将此生爱你之蛊，融化于你的血液，在你心跳的每一次，都能解读我这一生的情痴，君心似我心。

爱上你，是我这一辈子做的最疯狂的事情。你掌控了我所有的喜怒哀乐，你决定了我一生的幸福指数。从此，我最大的心愿，就是你能陪着我，疯狂这一辈子。

不要问我为什么总是任性，你可知别人从来不会轻易看到我的真性情；不要问我为什么总是计较，这世上除了你再没有人值得我多余一丝在意；不要问我为什么总是轻易落泪，只有踩在心上的人才能触碰到会痛的神经；更不要问我为什么总是矫情，那不过是一种不想太过直接表现的撒娇。而这一切，不过是一个小女人自以为聪明的小小心思，那里面包含了太多深情的脆弱和唯你所钟的依托。

希望被读懂，却害怕被看穿。如果说爱情必然有假，那么这就是我对你唯一的造作。

一直认为，浓烈的爱，是会流动的空气，能给你，就能给别人。所以，我把我的爱变成了触及你温暖的指纹，从此，重要的便不再是爱上你，而是只爱你一个人。岁月流转，重要的不仅仅是爱你多深，还有爱你到底。

尘世繁华，遍地都是潋滟之色。找个恋爱的人很容易，难的，却是一辈子。也许，你并不知道，对于这个世界来讲，你不过是万千众生的其中之一，而对于我来说，你却是整个世界。

爱，其实很简单，有时候就是一杯水，纯澈见底，没有杂质。只要有爱存在，谁还会计较那些外在的浮华。就像我爱你，比起金钱物质，我更在乎你是否愿意在我生病的时候不离不弃，在我无助脆弱的时候温暖相依。

或许，物质只是提升生活品质的需要，但它绝对不是决定爱情的前提。锦绣繁华，若是无你，又何欢？

我相信，爱情不是奇遇，那些适合走到最后的人，从一开始就注定是为了彼此而生。就像不远千里的你，最终还是出现在了我最美的年华。从此，我便是喝下了你独酿的那杯情酒，醉不能持。

仿佛，我的人生才要启程，就已搭上了你的同船渡。于是，爱你如水，不论历经风雨，还是冲破骇浪，依然纯澈如旧，不增不减。唯浸润不竭，方才永恒，那，便是我此生最美的心愿。

— 喜欢是一种心情 而爱是一种深情 —

喜欢一个人，不一定爱他，但爱一个人，一定是喜欢他。喜欢一个人，或许会转变为爱，但爱一个人，却很难只是单纯的喜欢。喜欢是一种心情，而爱，是一种深情。喜欢，是一种直觉，爱，是一种感觉；喜欢，可以停止，爱，没有休止；喜欢一个人，不怕与其争执，爱一个人，不怕为其付出。喜欢，静默守望就好，爱，却想要一生拥有。

人这一辈子，会喜欢很多人，但刻骨铭心的爱，也许只有一人。喜欢一个人，你会因为能见到他而感到兴奋，你会和他畅所欲言，无所顾忌，因为你没有更高的奢求，想要的，不过只是当下的彼此相伴。而爱一个人，便是凌驾于喜欢之上的更高规格。你不可能同时爱上好几个人，只要一人，你的心就再容不下别人。爱是自私的，你想要的，不仅仅是当下，更是一份天长地久。

如果说喜欢，是一种淡淡的爱，那么，爱，便是一种深深的喜欢。我常常会很花痴地追着电视剧，高调地告诉身边的朋友，最近我又喜欢了上一个人。我会不停地翻看喜欢之人的相片、资料，关注他的近期动态。喜欢就像是一股热潮，猛然间涌上心头，也曾痴迷，也会沉醉。就好像走在马路上，遇上了一位颜值极高的过客，你会眼前一亮，觉得很是欣喜，但转身过后，依旧恢复内心的平静，再无其他。喜欢很多时候是颜值派。

而爱一个人，远比喜欢要厚重的多。爱是一种承诺，更是一种责任。你会想要变成他喜欢的样子，你会为他牵肠挂肚，为他争风吃醋，会为他哭，为他笑，为他的一个眼神而心花怒放，为他的一句关怀而感动幸福。

喜欢是情理相待，爱是终身所付；喜欢是乍见之欢，爱是久处不厌；喜欢，是看到一个人的优点，而爱，是包容所有的缺点。

喜欢和爱其实只有一纸之隔，任何爱都是从喜欢开始。当有天你突然发现，你喜欢的那个人在你眼中不再完美，而他的瑕疵正如月中的桂影一般让你更加依依不舍，你会觉得与他光彩照人的一面相比，你更愿意看他在你面前无助的表情，笨拙的样子，那么恭喜你，你的感情升华了。

喜欢，就像是流淌在生活中的一股清泉，潺潺浸润，滋养着你的心情。多了，少了，都无碍其旨，你收放自如，得失随意，不会太过认真地计较那些许。而爱，就像是生命中的空气。一旦拥有，便会上瘾，丢不下也舍不得。它会让你智商下降，情商凌乱，你常常关心则乱，不知所措。或许，喜欢只是昙花一现，它犹如只漂泊的蒲公英，飞到哪里哪里就可以落脚。而爱，却是一种恒久的关系，一种以婚姻为最终归宿的长相厮守。

心爱如花，爱它，你就会给它阳光雨露，给它呵护滋养，随它芬芳，伴它凋零。而喜欢则不一样，你只知道自己喜欢，却并不会过多地思虑其他。爱它，就顺手拈花，自观其乐，待到花色失容，便是弃之不顾。

所以，永远不要把一个人的喜欢误解成爱，心情如天气，时有阴晴，它给不起你想要的天长地久，一场阴雨，就足以把你的蜜意柔情，冲击的支离破碎。唯有真爱，才是那照耀天地的艳阳，就算偶有乌云遮日，它也不离不移，终究还是把守护，当作毕生信念。

喜欢，只是为了得到一个现在；而爱，却要付出一个未来。之所以在乎一个人，是因为心有了感觉。之所以心疼一个人，是因为爱有了甘愿。若喜欢，真心去表白，不留遗憾给心情；若爱了，珍惜放眼前，竭尽全力给感情。这个世界，最真的爱，无可取代。

喜欢是一时兴起，而爱，是担当责任。喜欢，是一种心情，而爱，是一种深刻的感情。

- 你许我一生一世 我应你有生之年 -

当夕阳西下，当暮色向晚，我站在洒满余晖的阳台上，遥望着你离去的背影。手里拿着的，是大红色的抱枕，高高地举过头顶，不停地摇晃。为的是，能够让你在你转身回望的每一次，都能第一时间就看到我深情的目送。

都说人生，是一场盛大的宴会，而渺如微尘的我们，却可以在这茫茫世海中，演绎无数的起落悲欢。

生命中，每一段缘分，都有平仄；每一个故事，都有韵脚。而我生命中的每一天，都有你给的欢乐与幸福。

原本，我只是一只飞过沧海的孤雁，没有自命不凡，却独有清高孤绝。多少年来，我随白云漂泊，随日月追逐。我不为风雨低垂，不受春花眷恋，寻觅的，只是一方拥有安暖的栖息之地。

这些年，我只身孤影，从不在乎遇到的风景有多美多壮观，而是在乎遇见了谁。我冰封多年的心，从未向这尘世敞开，只为等到生命中，那个温暖的人，将封印融化。纵是飞的最高的鹰，也一样渴望一个不离不弃的影子。

而你,就是那个影子。

自从有了你,我便不再是那只无依无靠的孤雁。我不再随风追云,不再随月逐梦。我告别沧海,告别桑田,犹似倦鸟归巢。放弃蓝天,只因为你,因为有你,便是我此后的全世界。

新雨明净,洗去岁月的尘埃;微风拂水,涤荡尘世的苍茫。温润如玉,缱绻我百转的柔肠;安暖相伴,眷恋我一世的情长。

从此,你张开的怀抱就是我一生的归宿,你给予的爱情,就是我生命绽放的滋养。

一个人最幸福的事情,就是找对了人,他宠着你,爱着你,纵容你的习惯,包容你的一切。聚少离多又怎样,就算相隔千里,也始终在心里;不在身边又如何,只一个转身的距离,就能看到始终不移的守望。

爱的甜蜜,不如繁华退却后依旧不离不弃;朝暮相依,难抵柴米油盐的平淡中依然初心不渝。

多少年来,任凭时光如水,依然心动如初见。爱对了人,何须节日的庆祝。只要有你,每一天都是我生命中最好的节日。这是你赐予我最好的恩宠。

爱一个人,从来就不仅仅只是一句醉人的承诺,而是天长日久细水长流的真情流露。相爱,不是一时的牵手,而是一世的牵心。今生牵了手的手,来生还要一起走。就算生生世世,你都是我不悔的抉择。

爱是两心相惜,花开并蒂。情是不知所起,一往而深。

喜欢你的人,看到的是你的现在;真正爱你的人,要和你走的是生命的未来;真正的爱情,不是某一个时刻的承诺和表白,而是在漫长的岁月中伴你走过春夏秋冬；真正的缘分，也并非是冥冥注定的安排，而是两个人彼此认定的决心；真正的爱人，不是每天夸赞你的优点，而是连同看你的缺点，都蕴含着浓得化不开的深情。

爱，需要经营，也需要守护。情，在彼此相惜的理解中成长，更在彼此相惜的宽容中永恒。用真心交换的爱情，是一种心灵上的拥有；用灵魂交融的相守，更是一场情不自禁的天长地久。

牵起时光的手，让爱驻留，让情痴缠，更让两颗紧紧相连的心，通透。

此生，风雨兼程，是我倾付的一腔柔情；生死与共，是我一生无悔的默守。你若，许我一生一世，我便，应你有生之年。

— 想给你一个拥抱 让全世界都知道 —

很久不写关于爱情的文字，不是我心中无情，而是爱已落脚，情已沉淀，一切皆然静好。写与不写，都在心中围绕。时间久了，习惯已成自然，便是心如止水般的相对。

只有行在途中的人，才会为沿途乱花渐欲迷人眼的风景而频频感叹，只觉花儿也艳，草儿更青，就连流水潺潺，都是靡靡之音，患得患失，跌宕起伏。

而那些已然抵达终点的人，一路风雨兼程地赶来，就算春花缱绻，流水情深，亦是惊不起内心丝毫波澜。因为彼岸已然，又何须心猿意马，为过眼烟云而乱了阵脚。

何其有幸，在人生最美的年华，能与你倾心相遇。人生苍茫几十载，需经山水几千重。而我，却能够在花开的年纪，得你倾慕眷顾，让我早早地越过了红尘的藩篱，携你的手，安暖于岁月，静好于时光。

繁华世相，你给得起我宁静安逸；红尘锦绣，你给得起我始终如一；岁月山河，你给得起我细水长流；沧海桑田，你给得起我不离不弃。

生命本平淡，平淡是为真。

深情的岁月，柴米油盐都是爱的味道；悲欢喜乐都是情的乐曲。吵吵闹闹，皆是心语相交；眼泪欢笑，亦是情真意切。爱若沉淀，看似无情，也深情；情若飘摇，再作深情，也无情。

茫茫人海，凭你的名字导航，如果幸福是一种方向，那么尽头，一定有你；凄凄寒夜，拥你的名字取暖，如果三千红尘，繁花似锦，那么唯你，是我最美的缘；漫漫人生，携你的双手同游，如果执手是一场生死相依，你定是我此生的不变不移。

真正的相爱，不一定甜言蜜语，但一定知心知意；不非得形影不离，但一定惺惺相惜。

一个人，倘若真的爱你，他爱的，不仅仅是你的胭脂粉黛，还爱你素面朝天的朴实无华；一个人，倘若真的爱你，他爱的，不只是你的千依百顺，更爱你偶尔的任性，时有的脾气；一个人倘若真的爱你，无须你百般小心，千般讨好，为了得到那份卑微的温存而演绎成另外一个人。他若爱你，就爱得起你的优点，也受得起你的缺点。你的真实，坦诚，就是他最大的欢喜。

一直，都是一个特别倔强的人，我行我素，只为做自己。这么多年来，我于时光中缄默前行，也于冷暖中默然相伴。我深知，人生，相识可以遍天下，相知，却终是无几。易求无价宝，难得有情郎。蓦然回首，在这茫茫人海中，能够值得自己倾尽一世芳华的，也唯有你一人。

行走于文字的水岸，坐拥别人的悲欢喜乐，看得久了，也就明白了。尘世多少人日夜感叹着情路艰辛，遇人不真。其实，说白了，还是情深缘浅，执念成殇。

爱是这世间最为温和柔软的美丽，只要你爱对了人，阴雨连绵皆是诗情，大雪纷飞亦是画意。粗茶淡饭那是养生，高山流水更是情音。说到底，爱是一种感觉，一种心情，那是一种无言也默契的心灵相通，分别也想念的植入心底。

或许，爱情似樽酒，越是年久，越是醇香。好的爱情是这样，好的爱人更是如此。

这一生，感谢有你。伴我走过春花秋月，陪我历经人生悲喜。在我人生最美的年华，给我一纸承诺，予我此生安暖。

相伴走过每一个季节的交替变化，不变的，是你我的初心。岁月变迁，逝去的是云烟过往，留下的，确是情事依然。记忆徜徉，我只想用文字来铺垫一条岁月的长河，潺潺流过的，是你我的情缘俱增；浸润无声的，是你爱我的那份恩宠。

至此，我想给你一个拥抱，让全世界都知道。此生你我，不光情深，缘，更深。但愿生生世世，不负韶华不负君，不悔缘结不悔情。心若在，天涯亦咫尺；人若在，无言也安心。

— 在一起 奢侈的幸福 —

当电话铃响起,我知道,你又要走了!

这些年,最害怕的就是在你回来的时间接里到电话。好不容易休班回来几天,一周才能见一次,奈何总是临时有事,被召唤回去。

我常常在想,虽然这辈子有缘结发,却是多少年来聚少离多,分居两地。那些被距离跳过的日子,会不会为我们再续一场来生的相守?

无缘的人,就算每天朝夕相守,近在咫尺,也心似天涯;而真正入心的人,就算相距再远的距离,也会时刻记挂着对方。

这些年,想你的每一天都是一种幸福,幸福得有点难过。

嫁给你,我有一个最大的心愿,就是能够天天在一起。

然而,这份小小的心愿,却成了你我之间最奢侈的幸福。

分别久了,你会觉得,相聚的每一分每一秒都无比珍贵,珍贵到想说的话太多,却不知该从何说起;想做的事情也太多,却不知到底要先做什么。和你在一起,我宁愿自己永远是个长不大的孩子,不想懂太多的事，也不想听太多的不是，任凭我单纯得像个傻子，也可以任性地被你宠着。

深刻的爱，可以让一个人的心不再是随风摇曳的枝丫，而是静默的根系，深藏在尘世的土壤中，却不为尘世的一切所牵绊，只追求拥有你的那份心安与温润。

风起时，为你种一地相思；雨落时，为你浅诉心语；花开时；为你葳蕤盛世；花落时，为你守一枝独秀。

这一生，我想走遍万水千山，要你一起；我想深情于每一个花朝月夜，要你一起；我想要看每一部电影的时候，有你一起；我想要听每一首动人的歌曲，和你一起；我想要走过的每一条路，度过的每一分钟，都有你在一起。

这辈子，我只想和你在一起，朝朝暮暮，晨起日落。

这到底是一个多么奢侈的愿望？为什么这么多年来，我都只能以深切的期盼，为你守望春夏秋冬，日复一日。

爱情，从来就不是初识时的那份心动，而是繁华退却后依然不离不弃不减不退的彼此依赖。当深冬暮雪，我一个人，为你守一座城，寂寞为伴，捻字清欢，将柔长的思念，揉进字里行间，待君缓缓念。

此生，你就是那驰骋草原的骏马，闯入我心窝。想念你，不必眺望那窗外的三千繁华，有你在心，就是我一生的故事。

作为女子，这一辈子最成功的事情，就是选对了那个心爱的人。

爱上你我才明白，无论是今生还是来世，我所有的成熟与蜕变，一切的一切，都只是为了恭迎你的出场，我们相逢，天意常在！

我会一直站在红尘的彼岸，守望着你的每一程相伴。直到生命的尽头，我将赋以新朝圣，祈求着我们之间还能拥有一场来世的恩慈，不羡鸳鸯不羡仙，只求在一起，朝朝与暮暮，生生又世世！

- 天光乍破遇 暮雪白头老 -

生活就像一部连续剧，没有起伏的剧情，注定留不住看客追剧的驻足。也许，酸甜苦辣，起落浮沉，就是生活注定的剧情，必不可少。

每个家庭的组成，都避免不了为家庭琐碎的吵吵闹闹，喜乐交融，这正是生活意义之所在。只有相爱的人，才会有亲密的交集，只有交集所到之处，才会有意见的分歧。所谓"七年之痒"，无非就是寓意一个磨合期。走得过山重水复，经得起时间考验，感情便也因着岁月的打磨而跨上新的台阶。

矛盾少了，心里也会渐近踏实。在一起也会觉更得加同心同德，更多信赖依恋。我从来不相信两个人在一起时间久了，就会厌倦疲惫这种说法，许是因为聚少离多的生活方式，促进了距离产生美的效应，尽管这些年，生活中也有过各种不和谐的时候，但却依旧不改我内心的眷恋与深情。所以我说，真爱是久处不厌，而非乍见之欢。

虽然年龄在增长，我们也一定程度日趋成熟，但婚后的生活，让我这个一直很少接触外界纷扰的人依旧多了几分单纯与少女情怀，让我依旧想可以像个孩子一样地去依恋，去粘腻。爱情，总是在不经意间牵动着人最柔弱的心。哪怕只是一句甜蜜的话语也能激起心中的涟漪。也许正是因为这样揪心的甜蜜，才让情侣们在岁月的风风雨雨中，依旧甘之如饴。

很多时候，一个拥抱能代替所有，我就是喜欢，喜欢每一个拥抱的温暖，传递爱的讯息。都说女为悦己者容，我只想为你而容。我不想说爱到极致是取悦，但至少，你悦，我才美，别人，都不重要。

你出现在我生命中最美的年华，照亮我青春岁月最迷茫的路途。一路走来，遍观春花秋月，淡看蝶舞缱绻，纵有锦绣风景，我亦是只愿为你芳华独绽。

因为有星，夜才不会黑暗；因为有天，海才一片蔚蓝；因为有梦，生命充满期盼；因为有你，我的世界才一片灿烂！

以前，我想做翱翔在天空的雄鹰，不依附，不懦弱，但不论什么原因，我终究也是无法起飞。而今，我只想做你怀中的小女人，你的爱，就是一切。

久处不厌，缱绻眷恋。且让我手握爱情的画笔，在生活的卷轴里涂上幸福的一笔；手捧爱情的花朵，在人生的道路上洒满芬芳。"炊烟起了，我在门口等你。夕阳下了，我在山边等你。叶子黄了，我在树下等你。月儿弯了，我在十五等你。细雨来了，我在伞下等你。流水冻了，我在河畔等你。生命累了，我在天堂等你。我们老了，我在来生等你。能厮守到老的，不只是爱情，还有责任和习惯。"但求君心似我心。

这一生，我愿为你尽付韶华，在那呢喃私语的每一个夜晚，我把月光采摘下，熔化在爱的甜蜜中；我把星光取下来，镶嵌在爱的幸福中；我把时光读遍，让承诺刻画在你我的一生中。固守爱情的阵地，执着最初的约定；过往的生命虽数不尽，但唯有与你心心相印。无论是风是雨走到人生哪一步境地，我都只愿与你牵手共创人生的奇迹！

天光乍破遇，暮雪白头老。如有永远，我愿陪你到最远；如有永恒，我愿爱你到永生。此生有你，爱永不息，此生为你，爱永不离。天长地久，只求携手；沧海桑田，只为有你。

— 问世间情为何物 不过是一物降一物 —

著名文学家元好问的《摸鱼儿·雁丘词》一词中曾说:"问世间情为何物,直教生死相许。",而今,心柔却想说:"问世间情为何物,不过是一物降一物。"

所谓降伏,其实就是两个人的彼此入心。很多年轻的夫妻,都会经历婚姻的磨合期,争吵,打闹,意见分歧,习惯各异。

谈恋爱,是他停下来陪着你,但并没有改变自己的行程,随时都有可能走。而结婚,是他放弃了自己的路,愿意和你走同一条路。所以恋爱易,结婚难。而一对夫妻能走到最后,就更是难上加难。爱上你的人,依旧是路人。娶了你的那个人,才叫家人。

谈恋爱的时候,展现的大都是彼此的光鲜面,约会时都是刻意打扮的,说话时就连发声都尽量是最好听的声部。不是装淑女,就是装绅士,直到两个人真的生活在了同一屋檐下的时候,山长水阔的岁月,再也无法用华丽的装饰虚掩下去。于是,彼此最真实的一面便开始暴露。

所谓磨合期，就是重新认识，彼此接受，互相理解，形成默契的过程。

夫妻之间，有时需要洞若观火的了解，有时需要肝胆相照的义气，有时需要平地一声雷的咆哮和发泄，有时需要揣着明白装糊涂的将就，还有时，需要打落牙齿和血吞的隐忍。那种举案齐眉式的客套，往往不是恩爱，而是彼此的关系没有亲密到那一步。都说吵不离打不散的，才是真爱，而温柔和剽悍，便是一种拿捏得当的火候。

相爱是两个人的心有灵犀，感情走到了哪一步，彼此心里最清楚。婚姻是一本书，爱情，不过是这本书的题目，书中的内容，才是决定感情温度的关键。

走在一起的两个人，你若有防于他，他也必定不足够信任你；你若不坦诚于她，她也必然有隐瞒于你。你若总是想要控制于他，他必定就有逆反于你。

美好的爱情，是两个人的彼此成就，而非强行改变，抑或互相伤害。两个人在一起，对方的温度，往往取决于你付出的态度。争吵的时候，少说一句，分歧的时候，各退一步。

夫妻同心，其利断金，之所以离心离德，是因为两个人还没有修得一条心。无论是在面对家庭矛盾的时候，还是在面对外界干扰的时候。倘若彼此能视对方为心之所爱，再大的矛盾都会呈现出一种呵护的状态，理解，包容，帮助，心疼，体贴，关怀，而不是只顾自己爽快舒适，独善其身。

倘若声称爱她的你，都不能做到呵护于她，你又希求别人如何相待？

相爱的久了，你就会变得聪明起来。你会发现，她不开心的时候，你的日子也不会好过到哪去；她快乐的时候，你的生活也会一片艳阳，莫名的轻松舒畅。于是，你开始懂得，所谓过日子，就是两个人认真地在一起，用心地创造幸福与快乐，她的快乐，就是你的快乐，你的幸福，亦是她的幸福。

所谓一物降一物，就是两个人的势均力敌。你吃我一套，我也吃你一套；是允许对方做自己，而自己却渴望成为更好的人；是我懂你不易，而你更懂我深情的惺惺相惜；是我心甘情愿为爱变乖，甘之如饴成为你最喜欢的自己；是你无视整片森林，只为一棵树四季如春的自觉遵守。

爱一个人，必须是欣赏得了优点，接受得了缺点，就算相较之下，有所不及，也依旧是自己心中的无可取代。

因为爱情，我们放下自尊，放下骄傲，放下任性，放下所有，只因我们放不下一个人。

爱的最高境界，是你在身边的时候，你是一切；你不在身边的时候，一切都比不过你。情到深处，脉脉不得语。不怕为你守候，不怕为你等待，我什么都不怕，就怕最后不是你。为你，我可以不羡清风的自由，不慕蓝天的辽远，我什么都不想要，只想能和你走到生命的尽头。

要问世间情为何物，所谓一物降一物，更是一种心的甘愿，情的使然。宁愿将自己放低在尘埃里，然后开出最美的花，一生只为你，独秀。而你，亦是甘愿一生为一人，独守。

— 相逢在花开的季节 馨香盈袖 —

那一季,陌上花开,竞相争艳。那一日,杏花微雨,春色如潮。你与我相识于茫茫人海中的一个偶然擦肩!心动嫣然,脉脉情深,于那四目相对的瞬间,便花开盛世,潋滟芳菲。你轻颦浅笑款款而来,我低眉娇羞眷眷相依。那一刻,便是天上人间,刹那永恒。

白落梅曾说,人生的每一次相遇,都是久别重逢。前世的五百次回眸,才换得今生的擦肩而过,那你我此生驻足凝望的深情,又是几世修得的情缘。

潇湘别院,紫罗兰盛,荷塘莲韵,暗香浮动。月儿轻柔的脚步,曼舞着夜的芬芳,你我的柔情相依,惊艳了花宵云梦。柔眸相视,低眉浅笑,我将一怀儿女心事,尽现娇颜。你便轻轻揽我入怀,爱如花,情似酒,心语绵绵,柔声眷眷,沉醉天地间,生死誓同欢。

月夜良宵与君同,良辰美景与君共。如此花好月圆,夫复何求?

此生,我愿是那一枚解语花,焚香千年,也只愿换得今生与你的一场倾城之恋,于是,今生我期盼着与你的不期而遇,从此长相厮守，两相依，不相离，以惺惺相惜的情深，执笔泼墨绘流年，捻指清欢诉缱绻，相看两不厌。

与你的相逢，融化了我孤独了千年的冰心，也婉转了我尘封已久的柔肠。此生，我只想与你携一抹花香，看岁月悠长；共一世情长，伴兼葭苍苍。

淡看世间百媚千红，唯君是我情之所钟。荣华拱手，为君一笑，我愿用我三生烟火，换你一世迷离。此生，我只要与你在一起，执子之手，与子偕老。晨钟暮鼓，碧落黄泉，生能尽欢，死亦无憾。

君可知，梦中的红尘，百花齐放，多少人来人往，繁花似锦终虚妄。唯有你，谦谦君子，温润如玉，一句懂得，胜却繁华无数。

此生，你便是值得我耗尽一生执守的痴念。多少年的心孤成茧，只为期待有缘人的相逢，便可破茧成蝶，凝练一飞。

纵然你的过去我来不及参与，但请允许你的未来由我倾心相伴。让我们在时光静好中，安暖相伴，不离不弃看细水长流，生死相依品人间诗画。

- 爱 是一种经历 -

爱,从来就是一件千回百转的事。不曾被离弃,不曾受伤害,又怎会懂得爱别人?

爱,原来就是一种经历。

用一片情,写一颗心,记一辈子,让孤独的等候永远有一个可想、可念、可爱、可亲的心上人。那样,心就不会老死,情就不会枯萎,爱就不会荒芜。

爱与被爱,都是让人幸福的事情,爱上一个人很难,要彻底忘记一个你真心爱的人更难。似水流年,时光清浅,唯愿那些旧时光里的曾经,依旧如清澈的泉水涓涓流淌在记忆最深处,轻盈、甜蜜、欢快。

爱的河流,涉水而过。生活之难,咬牙而撑。命运之劫,照单全收。人生是无法迂回的单行线,起程便是不归的羁旅,急急缓缓,深深浅浅,跌跌撞撞,由不得自己左右。

真正的爱情源于彼此发自内心的倾慕,建立在两情相悦的基础上。任何只顾疯狂地去爱别人而不顾自己是否也被爱，或者只顾索取而不知道真心付出的人都不会有好的结局。

爱，有时需要淡淡的；太过在乎，会伤了自己；爱，想得太多，会累了自己；太过执着，会苦了自己。唯有你愿意去相信，那样才能得到你想相信的。对的人终究会遇上，美好的爱情终究会拥有，只要能够让自己足够的美好。努力让自己独立坚强，这样才能有底气告诉我爱的人，我爱你。

爱情有时候真正的矛盾，不是她不理解你，而是你不会宽容她。有时候觉得妥协一些、将就一些、容忍一些，便也可以得到幸福。

其实，我们只是拥抱着时间洗涤不去的记忆。爱也好，恨也好，不会全部留着。我们记得一些，也会忘记一些。

当爱不能够完美的时候，宁愿选择无悔，不管来生是多么美丽，都不愿失去今生对你的记忆。爱情本来就是两个人的世界，没有多一个人的位子，更没有博爱座。有些东西会在你忧郁的瞬间离你而去，特别是爱情，在你不知道该不该握紧的时候，一松手，就会被另一个人取代。

其实，这一辈子，能够让你流泪的，是你最爱的人；能够懂你眼泪的，是最爱你的人。那个为你擦干眼泪的，才是最后和你相守的人。

我们都曾为那年的青春哭泣，后来想起，就笑了。最残忍不过时间，本以为刻骨铭心的故事，就在念念不忘间，渐渐遗忘。那些大悲大喜的际遇，最后想来，也只是：彼此经过，各自向前。

恋爱是茶，不能隔夜，婚姻如酒，越存越香。只是，大多数人都封不好这坛酒，所以许多婚姻跑了气，到最后，只剩下一坛苦水，好不狼狈。感情的债和时光的海一样，都是我们越不过的东西。

在爱情里面,并没有谁对不起谁,也没有谁真的亏欠了谁,只有谁不爱了谁。而你,在爱情里面所有的不确定当中,少数可以确定的只是,不能让自己被浪费。自己,绝对不可以对不起自己。

人生真爱就只有一场,目的只有一个:与心爱的人,走进婚姻的殿堂。别再率性,要真爱,就要敢于低头;别再固执,要真爱,就不要轻言分手。

爱是一种感受。当你劳累的时候,爱会突然进入你的身心,给你充满无穷的力量,使你感受到爱的活力;当你心灵空荡的时候,爱会即刻来到你身旁,温暖你孤寂的情感,使你感受到爱的充实。

爱一个人要爱她的优点,爱她的缺点,爱她的骄傲,爱她的自卑。爱她,并不是因为她美好,这世间原有更多比她美好的人。爱她,只因为她是她,有一点儿好,也有一点儿坏,古往今来独一无二的她,打动了真心的、唯一的她。

— 繁华一瞬 终成过往 —

　　红尘深处，有太多的人玩儿着旋转木马的游戏，你爱他，他爱她，就像花与叶的轮回，日与月的追逐。

　　爱，是唯一让人卑微的理由，从你选择爱一个人的那一刻起，你就在无形中给予了对方伤害你的权利与资格。真爱一个人，没有办法装作不爱；不爱一个人，也没有办法装作爱。

　　你永远无法感动一个不爱你的人，就像你永远叫不醒一个装睡的人一样。爱或不爱，许与不许，又岂是理智就可以左右的？

　　人，最大的失败，就是很多时候，驾驭不了自己的那颗心。走不进的世界，又何必硬挤？卑微了自己，也为难了别人。古人说"君子有成人之美"，何不放手？放弃自己的天长地久，成全别人的痴情依旧。

　　大部分时候，我们不是不懂，而是做不到恰到好处；很多事情，我们不是不清楚，只是自己不愿意接受现实；亦如很多时候，你明明看得很透彻，却依旧要自欺欺人，难得糊涂。

　　如此放低姿态，也只是为了延续那份如梦似幻的美好，甘愿我痴，我傻。到最后，恍惚间才发现，这一切只不过是自己自导自演了一场"情深深，雨蒙蒙"，感动了自己，却看笑了别人。

或许，你只是心存侥幸，想用口是心非的分手，去换对方眷恋不舍的痴守。你用最不想失去的心情，说了最决绝的话，想要一个最深情的转身，却换来一个无情的背影！

原来爱情经不起考验，当泪水划过脸颊，梨花带雨，一地碎心，伤到荼蘼花事了。仰望晴空无云，却只看到一只风筝，断了线。

繁华一瞬，终成过往，那昙花一现般的丝丝悸动，拂过指尖，碾过心田。空留回忆，已是落寞万千，怪自己，何必轻易相信，何苦那么认真，又何须那般执着？生活种种，不论大事小情，想开点，看淡点，随意些，从容些，也许于己于他，皆非坏事，又何必让自己活得那么辛苦？

华灯初上，夜凉如水，凭窗斜倚，内心依旧汹涌澎湃。碎碎念，深深情；凋零落，空悲叹。只是此刻，问自己，到底是该后悔呢，还是该去庆幸？后悔自己不该去揭穿真相，揭穿那个也许自己早就已经看清楚了的真相。亦或许应该庆幸自己没有在这份独自的凄凉中迷失，没有身陷沼泽，不可自拔。

红尘一梦醉千年，落寞一世歌相伴。你终究不是我心灵夜空的那轮明月，我亦不是你万里晴空的那朵彩云。你的世界也曾春暖花开，待到花随风落，依旧花香透迤，你早已沉醉其中，不可自拔。你看似风轻云淡地怀念着回不去的往昔岁月，若无其事地浅诉着再续无期的眷恋，你可曾知道，在那笑靥如花的背后，有人如梦方惊，跌落无情似海，为你化为鲛人，早已落泪成珠。

数不尽繁华千种，望不穿情所归依。人生如梦，梦如人生，缘起缘灭，聚散分离，皆是朝如春花暮凋零，几许忧伤几许愁，惆怅在心头。

− 你只是恰好长了我喜欢的模样 −

（一）

很多年前，我认识了一个比我小三岁的男孩子。那时，单身的自己，和朋友合租在一间一室一厅的小房子中。室友谈了恋爱，经常带男朋友回小屋。为了给他俩腾出地方，我便经常一个人飘荡在外。就连晚上，都回去得很晚。没事儿的时候，就一个人躲进楼下的一家网吧，听听歌，写写文字。我是一个从来玩儿不了游戏，因此到现在都不玩儿游戏的人。

那时的网吧，总有很多红男绿女，穿着奇形怪状的衣服，染着五颜六色的头发，一支烟在手，仿佛那是耍帅的必备武器，吞云吐雾间，整个人生都显得多了几分缥缈。

还记得那是一个夏日的午后，因为休息而无所事事，便又躲进网吧下载些音乐。中途不知道怎么了，电脑就操作不了了。我站起身，弱弱地喊着网管，麻烦过来帮忙看一下。

这时候,一个留着微爆炸头的小男生走过来,对我说:"怎么了,我帮你看看吧。"

他不是网管,他也是来网吧玩儿的,之前偶然看到过几次。

"我也不知道,它没反应了。"

然后,他一只手扶在椅背上,一只手拿着鼠标,点了几下。随后将放在我椅背的手拿过来,两只手在键盘上敲打了几下,电脑就好了。

我小声地道谢,他笑着说:"不客气。"转身就回到了原位。

后来,不知怎的,他就加了我的QQ,说他已经注意我好久了,能不能做个朋友。我向来是个有点清高的人。除非自己喜欢,我会主动相邀,不怕遭拒绝。但别人相邀,我着实得看心情,看自己喜不喜欢。

我回复他四个字:"小屁孩子。"

离开网吧的时候,他站在门口堵我,说:"我就是要让你看看,我怎么就是小屁孩子了。"

我被这突如其来的"盛情"吓了一跳,毕竟,对方是男生嘛。自己一个人,还是胆怯的很。

我依旧弱弱地抬头看他,清秀的小脸,微微卷翘的头发,但没有染任何夸张的颜色。说话的时候,嘴角总是轻轻上扬,一副文静的样子,甚是好看。

这世上,不光男人是视觉动物,其实,女人也是。

我被眼前这个男孩的容貌气质所动,心中不禁一阵波澜。但我还是想要离开,他却非要问我,为什么说他是小屁孩子。是哦,他个头确实比我高出一截。

(二)

他叫郭哲霖，比我小三岁。因为不喜欢读书，所以出来打工。在一家公司当一个小小的业务助理。

认识之后，他总是很乖地叫我一声姐。然后每天在我去上网的时候，就要坐在我旁边。我在，他就在，我走他也走，总是跟着我。那时候，我上半天班，总有半天是闲着的。他就总是来找我，陪我散步，和我上网。他话不多，总是很安静，也比较腼腆。和我在一起的时候，总是一副很乖的样子。后来，他干脆把工作辞了，来到我常去的那家网吧当了网管。

他说，他只是喜欢看到我，能够陪着我就觉得很开心。我当时觉得，这孩子真傻。

刚开始，我觉得自己突然就多了条尾巴，很烦。可慢慢地，时间久了，我竟也习惯了总有个人跟在身后的感觉。他就像我的小跟班儿，只要我有什么事儿，招呼一声，他就会很快出现在我面前。哪怕是心情不好，他也会安静地陪着我，或坐着发呆，或在公园里转圈儿。

直到有一天，他突然红着脸跟我说，他喜欢上我了，能不能做男女朋友。

呵，或许是落花有意流水无情了，又或许，他只是恰好长了我喜欢的模样，让我产生了某种错觉。但我对他，始终没有任何多余的心思和感觉。

我的拒绝，是那么的云淡风轻，就像一阵风，随意地刮过脸颊，却将飘浮的沙子吹进了他清澈的眼眸中，也打疼了他的心，他哭了。

他流眼泪的样子，特别可爱。一张白白净净、棱角分明的脸，一双清澈如水、有着双眼皮儿长睫毛的眼睛，一副文静内敛循规蹈矩的样子，在那眼泪的点缀下，显得楚楚动人。他委屈难过的样子，着实让我心疼了一下。

但我清醒地知道，我不能再心软下去了，否则，只会让他更加难过。于是，我很理智无情的转身，留下一个背影，让它在眼泪中消融，然后放下。

(三)

人生，不是所有的转身都意味着绝情，不是所有的绝情都意味着无情。尘缘如水，繁华似梦，梦要醒来，我又有什么办法？或许，他也曾路过我的心；或许，他是真心想要停留，而我，却终是无法收留。

爱一个人，总难免要赔上眼泪；被一个人爱着，也总是会赚到他的眼泪。这红尘万丈，难免有很多缘分，或深或浅，皆以不同的姿态盛开在你生命的彼岸。或许，花，是色的归宿；林，是鸟的归宿，而我，却终究不是他的归宿。

如烟的尘世，迷离浩茫，总有那么些人，突然间就闯入了你的视线，回首，竟是一副似曾相识的模样。于是，心情便开始了千回百转，跌宕起伏。对立遥相望，满心旖旎情，却尽在无言中。多少个夜深人静的时候，你用沉醉的心情，来面对那一袭如水的夜色，换来一份甜腻的心情。那是一个人的清欢。向来情深，奈何缘浅，终究，也只是寂静喜欢，默然守望。

有些感情，从一开始，就能预料到结果；有些缘分，自相逢，就已注定别离。与其日后两败俱伤，不如此刻，冷漠护身。与其相见，不如怀念。至少回忆在，还有情分在。

其实，或许也会有那么一转念的冲动，想要告诉那个人，我很欣赏你，可否，做个朋友。可坦白有风险，动情需谨慎，最后，却只能相顾无言。

这一程相逢，不过是一场意外。固然心有千千结，也唯有低头不语任自解。或许，你只是长了我喜欢的模样。

是，也不是，但我只能这样说，这样去想起……

05 今生来世

— 流星陨落 思念划破长空 —

奶奶真的是老了，一向精明强干的她，越来越变得像孩子般的缠人。每次给大伯、父亲和姑姑打电话的时候，总是会热切地问："多会儿回来呀？"

到后来，奶奶变得像一个不懂事的孩子，只顾着自己缠人，却从来不考虑子女们都有工作要忙，有孩子要照顾，还有家庭琐碎要兼顾。很多时候实在也是忙得分身乏术，哪有时间可以天天回家看她。

其实，大伯、父亲和姑姑，终究也还是尽量抽时间回去探望的。

还记得以前，每次逢年过节的时候，奶奶早早就在家盼上了，大儿子哪天回来，二儿子哪天回来，节后女儿哪天来，她总是不停地张罗着饭菜，不停地让爷爷挨个儿拨电话，迫切地盼望着。

每次，只要大伯，父亲，或者姑姑一回家，她就一双小脚走来走去，忙乎个不停。冰箱里这个也要拿出来吃，那个也等着大家回来一起吃呢，奶奶忙得不亦乐乎，直到满满地摆了一炕桌，她才扭动着有点圆乎的身体，费劲地扶着一条腿，坐上炕沿边儿，开始给这个夹，看那个吃。自己却一脸的满足感，长时间地凝视着眼前那爱进心坎儿的子女们，眼里露出无比的疼爱。

那时候，姑姑经常会说：不要弄那么多，根本就吃不了多少，我们又不是成天吃不着饭，整的一回来看你，你就忙乎地做饭忙乎地让我们吃，也不说好好地坐一会儿，说说话啥的。

后来，奶奶生病了。

加上不小心把自己摔了一跤，给吓着了。吓得奶奶拄着拐都不敢撒开别人的手自己走路了，更别说做饭了。

这时候，大伯、父亲和姑姑就给家里请了一位住家的保姆。

每次我们回去的时候，奶奶总是颤巍巍地拄着拐，小心翼翼地拉着你的手，想要和你在家里，或者院子铺的红砖地上，走一走。

从那时候开始，奶奶的食欲就总是不怎么好。尽管自己不太想吃饭，她也喜欢看着大家吃，边看边出神地面露笑容，好像别人吃饱了，自己也就饱了似的。

记得有一次，我带着孩子回奶奶家整理自己上学时留下的一箱子东西，有同学录、有录影带、有之前写过的一些文稿什么的。因为太乱了，我就搬出来蹲在院子里收拾。不一会儿，奶奶慢悠悠地，拄着她的拐杖，一步一步地挪过来，然后坐在了我身边的小凳子上，就那样静静地看着我，看着我……

后来，奶奶住院了。

奶奶开始不定时地出现健忘的现象。方才吃过的饭，转身她就说没吃。刚刚告诉她的事情，她一会儿就又问好几遍。明明大伯陪床才换父亲来，她就委屈地说想大伯了，都好几天没见着了。我们常常被奶奶这糊涂的样子逗得哈哈大笑，看着我们笑，她也会跟着笑，傻傻地笑，可爱地笑。

奶奶越来越像小孩子了，常常需要人哄。喝水要哄，吃饭要哄，就连想扶她下地走两步，也要一哄再哄。

奶奶变得越来越粘人了。

在医院上班的姑姑一天到晚忙得四脚朝天，奶奶却经常会一副嗔怪的样子和我说，你姑姑也不知道干啥呢，一天也不来病房看看，你快出去找找，她干啥呢？

那些日子，奶奶难缠的厉害。谁不在她就要找谁，怎么说都不好使。尤其是要见父亲的时候，明明早上才走，午饭还不到，奶奶就闹着要找父亲，她会问遍身边的每一个人："二子去哪儿了？多会儿来呀？干啥好几天都不来？"

然后，就要嚷嚷着给父亲打电话，非打不行。这会儿打完了，一会儿又要打。父亲经常在电话里哄着哭的像孩子似的老妈妈，然后尽量一下班就赶紧去看她，不然，奶奶就会闹着不要吃饭的。

后来，奶奶回家休养了。

每次我回去看她，聊着好好的，奶奶就会突然跟我说："你爸干啥呢？你给他打个电话。"

我说："我爸上班呢，一下班就和我妈回来了。"

奶奶看着我说："我想你爸了……"

奶奶一副委屈的样子，说到最后两个字的时候，声音低沉的都要听不清了，她像个受了委屈的宝宝，咬着嘴唇，扁着嘴，眼泪就那么"啪嗒啪嗒"地落下来，看得我心好疼，眼泪也一下子就夺眶而出。

这时候，我就会爬过去抱着奶奶，就像小时候我钻进奶奶怀里感受温暖感受爱一样。我努力地想让奶奶转移下注意力,我给奶奶看手机视频,看照片,可是奶奶看着看着,就突然抬起头跟我说:"给你妈打个电话,问问你爸干啥呢?奶奶想你爸了。"

然后又是咬着嘴唇,扁着嘴,眼泪扑簌簌地落下来……

奶奶不会像对大伯、父亲和姑姑那样经常在电话里追问我什么时候回去看她,但是我每次回去临走之前,奶奶都会和我说:"路上开车慢点儿,记得一有空就回来看奶奶……"

再后来,奶奶便卧床不起了。

每天牛奶小米汤都不好好喝,逐渐地,像个小猫一样就知道呼呼的睡大觉。谁回去了,睁开眼看一看,也不怎么说话,然后就又睡着了。

有时候,奶奶也会和我说,她不想盖被子,不要穿衣服,边说边用手笨拙地、费劲地揪扯着背心的领口,用央求的眼神看着我说:"茹,给奶奶脱了,不想穿。"

我又心疼又好笑地看着奶奶,逗她说:"要干啥,大白天的衣服都不穿了,是要羞羞的。"

我握着奶奶的手,哄她:"奶奶可亲了,可听话了,不穿衣服不盖被子会凉肚子的,听话,别老拽衣服,领口都拽得不成样子了。"

大伯在家的时候,奶奶会比较乖一点,不怎么揪衣服,也不会不要盖被子。但是大伯只要前脚一走出屋,奶奶立马扯着被角"嗖"一下就把被子丢一边去了,其动作之迅速,敏捷,会让你觉得好像身体一点问题都没有似的。然后奶奶一副得意的表情,惹得我们忍俊不禁,奶奶也就跟着笑了。

现在想起来,奶奶真的太可爱了。淘气,缠人,耍赖,各种让人疼的萌样子。还记得有一次,我给奶奶吃西瓜,那段时间,奶奶能吃块西瓜都会觉得是特别欣慰的事情。看奶奶吃的香,我就去外屋洗了个手,一会儿走进里屋的时候,睡在炕上的奶奶却调皮地把吃剩的、像月牙一样的西瓜皮扣在了额头上,然后看着我露出孩子般纯真的笑容……

最后一次见奶奶,是在奶奶临走的前两天。

我做梦都没有想到,那会是我见到奶奶的最后一面。

那段时间的奶奶,大部分时间都在睡觉,越来越不爱吃东西,流食都吃得很少了。

那天我回去,奶奶和我说她想起来坐坐,我刚想动手扶奶奶坐起来,手才轻轻地垫到奶奶身下,奶奶就疼得直咬牙。长时间的卧床,身体都僵直了。看到奶奶那痛苦的表情,我实在不忍心硬扶她起来。于是,保姆便过来把奶奶扶起来,怕奶奶坐不住,我连忙爬到奶奶身后将她搂在我怀里。

奶奶坐起来还没有一分钟,就低垂着头睡着了。我紧紧地搂着奶奶那已经瘦了好几圈的身体,叫着奶奶醒一醒,奶奶只是"嗯"了一声答应我,却无力睁眼。后来,便只好让奶奶躺下。

两天以后,我本计划着接了孩子,就和休班回来的先生去看奶奶。结果,我才刚刚接上孩子,就收到奶奶已经离世的消息。

我听到消息的那一刻,眼前一黑,腿一软,险些摔倒在地,幸亏有先生在身边。

爷爷说,奶奶走得很快,前后不到十分钟,没有一点痛苦。她都不说等等我们,就那样安详地离开了!

没能见到奶奶最后一面,成为我这一辈子永远无法弥补的遗憾!

我常常在无比的心痛中想起我的奶奶，那慈祥的、疼爱的、却又调皮的、耍赖的样子。

一转眼，奶奶已经走了两个多月了。

有时候，我会在心里告诉自己，那一切都是梦，奶奶还在呢，哪天我再回去看看。我经常想要给奶奶打电话，想和奶奶再说说话，问问她这两天怎么样？有没有什么想吃的，我回去带给她……

自从奶奶走后，我就得了一种病。它经常会在某个不定时发作，让我肝肠寸断般的思念，让我心如刀绞般的痛苦，让我实难自抑的泪如雨下。

这些日子，我心中有太多关于奶奶的记忆，就像电影一样，一幕幕地回放。我总是逃避，总是掩饰，我不敢触碰，更不敢放纵了去回忆，我害怕会崩溃于那心似狂潮的深渊。我不敢写下太多关于奶奶的文字，我害怕自己会回忆起记忆深处的思念无法自拔，我也不想家人触目伤怀。

我好像什么都不想，但其实我什么都想了。多少个日日夜夜，我在梦里见到曾经的奶奶，我总是梦到她，醒来后又是一阵说不上来的怅然若失。我总是假装情绪上的波澜不惊，其实早已波涛汹涌。

包括今天，就在此刻，我在黑暗中抱着手机这方寸的光亮，浏览世间繁华，一个不小心，我翻到了奶奶的照片；一个没忍住，我打开了，放大了，把摘了近视镜的脸几乎贴在手机屏幕上，想要仔细地看清楚……

我看了又看，看了又看，那表情，那笑容，那神韵，那眼神，我甚至都感觉自己嗅到了奶奶身上熟悉的味道，感受到了奶奶那绵软的肤质。这样的一个人，怎么可能就不见了？她明明在我脑海在我心中活灵活现，怎么就能不见了？

我从来没有好好认真地思考过，人的生老病死，那种深刻的感受。奶奶不在了这么多天，我一直在感悟，却还是会幻想、幻觉、幻境。

我真的好久没见到奶奶了，我要等多久才能见到奶奶？我实在是太想她了，想的混乱，想的无措，想的我依旧没办法接受现实。一辈子还那么长，难道我再也见不到奶奶了吗？

我强忍着眼泪不要模糊了我的视线，我只有在这夜深人静的时候，才会放任自己的情绪，好像只有在黑暗中，脆弱，才不会被人知道。

奶奶，我这辈子最大的温暖，她曾是托起我生命重生的起点，更是我灵魂的归宿。可如今，您在哪里？

窗外，一颗流星划落，天空留下了一道长长的幻影，仿佛，那是消逝前，留给人们最后的闪耀。只是，她落到了哪里，哪里呢？

— 想念 是会呼吸的痛 —

快过年了,红色的春联、彩色的鞭炮、各种水果、干果,摆满了大街小巷,一种叫作"年"的味道,随着寒冬的冷空气,四处蔓延。

人们忙着打扫卫生,买新衣,做头发,购置年货。每一个人,都步履匆匆地行走在这凛冽的寒风中。忙忙碌碌,一年到头,就是为了在过年的那几天,团团圆圆,喜气洋洋,新年新气象。

要是在以前,说起过年,我也是有几分激动的。虽然穿新衣已不再是多么难得的新鲜事,但至少过年的氛围,总是会让人觉得心里暖融融的。

还记得小时候,我总是在爷爷奶奶家过年。每年年前这几天都是最忙的。比如,操着一双小脚的奶奶,肯定会做好多年货,蒸馒头、炸油饼、炸麻花,还有黄米糕;再比如,炖羊肉、酱牛肉、鸡、鸭、鱼,样样不能少;还有,家里大扫除。早些年,奶奶家还是那种纸窗户,每年过年的时候,奶奶都要剪出很多漂亮的窗花,然后和爷爷一起糊新窗。撕旧窗是我最感兴趣的事情了,只要奶奶一声令下,我一定要第一时间冲上去，给每个窗户上都捅个大窟窿，还有那种不脱鞋就可以站在炕上的感觉，心里觉得格外爽快。

每当这时候，就会听到奶奶急着喊我："茹啊，不要把窗户都捅开，不然冷的没法糊了。"

等到大年三十那天，我会格外地起个大早，然后看着奶奶把一件件的新衣服从柜子里拿出来，再一件件地给我搭配着穿好，我便开心地满院跑，跟着爷爷和父亲他们贴春联，挂灯笼，童年春节的欢乐，尽在其中。

而今，这一切，都已经成为了永远的回忆。

有一种遗憾，叫回不去的过往；有一种过往，是忘不掉的成长。有一种思念，是不愿醒来的梦境；有一种梦境，依旧，是那回不去的过往……

就是因为现实已经没有了，所以，我得依梦而寻。只是，倘若，梦醒不成空，空落不成痛，痛不致永失，失亦可复得，刻多好？

昨晚，我又梦到了奶奶。我梦到她一脸的愁容，委屈地跟我说，要过年了，她一个人好孤独，说着，便有眼泪落下来。我说接她回来，她却说什么也不肯，只是一个人站在那儿哭。

梦中的我，看到久别的奶奶，真不想离开，真想就那样，可以永远陪在她身边。于是，我努力地睡啊睡，直到上午十点多才离开那个不舍的梦境。

醒来后，我满心怅然。看着桌上的一盘柿饼和黑枣，便是再次勾起我儿时的记忆。

还记得小时候，我最喜欢吃柿饼和黑枣了，总是淘气地管黑枣叫"羊粪蛋儿"。每次爷爷上班要走我哭闹着磨人的时候，奶奶就会像变戏法似的摊开手掌，给我变出几个柿饼和几颗黑枣，把我哄了去。

而今，奶奶走了，爷爷病了，关于过往，能圆满的，只剩下回忆了。昨天再次买了柿饼和黑枣，好久没再吃过这两样东西的我，买回来一直看，不敢吃，因为我吃的不是柿饼和黑枣，而是回不去的过往与诉不尽的思念……

这是奶奶不在的第一个春节，越是临近，我心里越是哀伤。我满脑子都是奶奶熟悉的身影，她蹒跚着小脚儿的碎步，缓慢却不停歇地擦着衣柜，做着饭菜，守着电话，等着放假回家的儿孙子女。

我看到奶奶花白的头发，在阳光下闪耀着银白色的光，然后，就模糊了我的视线。

如今，爷爷已是卧病在床，奶奶，一张黑白色的照片，静静地守着那个家。任凭思念的风，呼啸这冬季，冰冻这记忆。

思念，是会呼吸的痛，是流不尽的泪，更是我午夜沉沦的梦境。我写着《有钱没钱，回家过年》的文字，心里却是那么的痛彻心扉。我也好想打个电话给奶奶，我也好想还能回到那个从小到大生活的家，和爷爷奶奶再次守着那热乎乎的暖炉，一起等着家人都回家过年。可惜，爷爷已不再是昔日的爷爷，奶奶，又在何方？

从来没有一个春节，让我如此抗拒，也从来没有一个年，让我觉得满心泪水。任凭身边的大家都祝福满天飞，我却连淡然一笑都做不到。

我只希望，新的一年，爷爷能好起来，奶奶能不再哭着出现在我梦中。但愿：天上人常在，人间亦吉祥。天增月岁人增寿，春满乾坤福满门。

- 最深的思念 -

奶奶离开的第 168 天,星期一。

好想拿起手机,给您打个电话,一如往常一样,问一句:奶奶,您这两天感觉怎么样,身体都还好吗?天气变冷了,多穿点儿衣服。腿还疼吗?上下台阶注意安全。想吃点儿什么,我给您买,过两天就回去看您,您好好的……

说真的,天冷了,您冷吗?

您是不是也想我了,因为,我想您了……

每天晚上睡觉前,我都会深切地想起您,一想起来,心就像撕裂了一样生疼!于是,我就赶紧告诉自己要打住,因为我害怕啊,害怕那种思绪深邃的力量,拉我走进一个难以逃出的深渊。

夜那么黑,黑的让人无助;星空静寂,我无处逃身。

这每一个日日夜夜,您都如星空的光辉一样照射着我,想要触摸,却又那般遥远,我要怎么办才好,那么想您我怎么办才好?

168天前，从小抚养我长大的奶奶，走了。

我清晰地记得那是一个飘着细雨夹杂着悲伤的下午，我在接到电话后心急如焚悲痛欲绝地往回赶。

我遗憾啊，每天跑回去看您，却没能在您生命的最后一刻守住您；我后悔啊，在您病体孱弱的那整整一年，我工作在外地，没能好好地陪伴您。就一年，我辞职回来，本以为您还能多些时间给我，却不想您会走得如此匆忙。

我深刻地记得您陪我长大的那些个日日夜夜。我记得您在我生病时无微不至的照顾；我记得我上学寄宿您想我的每一滴泪水；我记得您拥我入怀的温暖；记得您熟悉的味道；记得当我逐渐长高，您抬起头看着我那每一次切切入心的眼神。

直到后来，您病了。

我记得您摔了一跤后不敢自己走路还不愿挂拐的倔强；我记得您不要吃饭天天要人哄着的耍赖；我记得您不停地让我给父亲打电话非要马上见到他的委屈模样；我记得您把啃完的西瓜皮扣在脑门上看着我笑的可爱；我记得您输液输到没地方扎针而露出的那双像婴孩般的小脚；我记得您到后来贪睡在我怀里打鼾，还挂着口水流在我肩头；我记得您每一次在我走的时候看着我，告诉我，让我记得有时间就回去看您；我记得您握着我的手，对我说您这辈子对我最放心了的那种踏实。我记得您的所有，爱着您的所有……

我也清晰刻骨地记着，当我大脑空白天旋地转般地再看到您时，您是那般无声冰冷地睡在那里。华丽的披风，我从未见过；织锦的帽子，紧紧地戴在头上；您紧闭着双眼，面容安详地沉睡。

奶奶，我回来了，您睁开眼看看我啊，看看我……

生平，从来没有那么一刻，让我想要发狂般地嘶吼，发狂，嘶吼……

我常常在午夜梦回的时候，看到您熟悉的身影。每当那时候，我就不愿醒来，我想要多一点时间，近一点、再近一点地靠近您。我努力地想要真实地感受到您的存在，我想要伸手触摸到您的温暖，可是为什么每一次，您都与我保持着距离？

自您离开后的这些日子，多少次我在夜深人静的时候，睁着双眼环视着家里的每一个角落，我拼命地想要唤醒自己的某种记忆，渴望能够看到您来到我的身边。

我始终不相信您已经离开了，每一次回到您曾住过的家里，我都能感受到您的气息。您那熟悉的味道，一直围绕着我。可我找遍家里家外，就是再也找不到您在哪里，只有一张黑白的照片，冰冷地立在那里。

于是，我紧紧地将那相框抱在怀里，抬起头，让眼泪倒流。心底的伤痛，就仿佛被盐水浸泡般的痛到溃烂。

奶奶啊，我的奶奶。

您可知道我是多么多么的想您。

我无比深切想念的人，您曾是我生命中最亮的星星，照亮我成长的道路！而今，您却像流星一样陨落，丢下了您曾经最爱的孩子们，不知去了何方。

您可知，这些年，习惯有您，突然间没有了，我的内心有多慌乱，多刺痛，有多么多么的痛。

我想您啊，奶奶。

任凭我再忙碌，想您都是每天的必修课；任凭我再坚强，思念的洪流都会不断袭来！

夜那么深，心那么痛，就像这寒冬的风一样，深彻骨髓……

— 最是相思结难解 —

想念是令人痛苦的,多少次,我在无声的暗夜里,伸出手臂,想要抓回那些残留在光影中的过往,却一次次失望落空。

人在活着的时候,总是感觉时间像流水般,一天天悄无声息地滑过,却唯有思念加身的时候,才觉得岁月也是有分量的。

一转眼,奶奶离去已经一年了。那日,无意间在一档电视节目中,看到著名演员斯琴高娃老师,诵读贾平凹老师的那篇《写给母亲》,在听到"现在,每听到我妈叫我,我就放下笔走进那个房间,当然房间里什么也没有,却要立上半天,自言自语,妈是来了,或许,她在逗我,故意藏到挂在墙上的她那张照片里,我便给照片前的香炉里上香,要说上一句:我不累……"的这一段的时候,我已经是泪流满面。

自从奶奶走后,我的世界就是一片迷蒙。我经常在特别想念奶奶的时候,做一道曾经奶奶经常做给我吃的菜,然后放在餐桌上,流着泪,忍着痛,一个人把它全部吃下。试图找得回曾经的味道,却找不回曾经的岁月。

我的耳边，经常会回荡起奶奶的声音："茹，你啥时候回来呀？"

"住上一晚上吧，家里啥都方便。"

"开车慢点儿啊，啥时候想回来你就回来。"

"你穿得太少了，回去记得多穿上点儿。"

我常常会想起奶奶那关切的眼神，只要我回去，无论我走到哪儿，她的眼神都会随着跟上来看看需不需要帮忙。

奶奶天天都盼着子女儿孙能休假，能都回去看她，陪着她。却在最后一刻，匆忙地谁都不等。我们天天回去守着，奶奶却偏偏选择了大家都不在的那一刻，离开。

很长一段时间，我都走不出自己的幻境。总觉得奶奶就在我身后，在我左右。我甚至能在恍惚间看到奶奶的身影，笑脸，甚至能闻到她身上熟悉的味道。我在夜里频频地梦到奶奶，一如活着那般，温暖，亲切。

一转眼，奶奶离去已经一年了。这一年的时光，将我疼痛的心，蒙尘；破碎的痕，干瘪。

再有两天就是奶奶去世一周年纪念日了，我是长孙女，想着该买些什么给奶奶呢？就像曾经回去看奶奶的每一次，我带着奶奶喜欢的吃食、物品，奶奶会不会依旧蹒跚着小脚，迎我回家？

一直觉得，生离死别，距离自己是那般遥远，不承想，袭来时竟是措手不及。当奶奶骤然离去之时，我才知道何谓天人永隔的悲伤与绝望。不论外面的阳光多么明媚灿烂，屋子里都是一片空荡荡的失落。当我的呼唤，再也得不到回应；当我的手掌再也感受不到温热的传递，我才真真切切感受到生死之间的距离。

空气凝滞，时间定格，我以为奶奶只是短暂地睡去，却发现我再也无力叫醒。

时至今日,我依然觉得那一幕只是梦境,不是现实。然而,当我每一次再回到那个熟悉的大院的时候,却发现奶奶的身影早已遍寻无踪。

梦醒时分,静默的黑白照片,无声胜有声,它深刻地告诉我,奶奶是走了,再也回不来了。于是,我的心疼碎了一地,抱着奶奶的照片,轻抚一遍又一遍,悲伤逆袭,歇斯底里……

奶奶,这一生,感谢您的养育之恩。这辈子,念您于心,一寸还成千万缕。天涯地角有穷时,只有相思无尽处。

此刻,且让我以泰戈尔的一句诗相赠:"生如夏花之绚烂,死如秋叶之静美。"奶奶,在我心中,您永远是最美的。

— 时光知味 过往难寻 —

　　大雪时节,严寒已近,此刻,放眼望去,万木萧瑟,繁华尽褪,素颜以对。你看那依旧伫立在道路两旁的大树,只一个季节的轮回,就让它不再往日的青葱苍绿,此刻,落叶飘零,形瘦如柴。

　　就好像一个人的一生,当青春已成为遥远的过去,一生的风雨阅尽,一生的时光交付,此时,仿若到了万物凋零的冬季。一生的辛劳与耕耘,已是万粒归仓,各得其所,却唯有自己,竟有了几分鳏寡孤独的况味。

　　只是,大树叶落,来年还有再绿的时候,冬季再冷,春天也会如期而至。可倘若人生已至寒冬,是否还能再来一春?

　　时光知味,过往难寻,站在这个冬季的严寒中,我将大衣裹紧,本想泪水可以温热这个冬季的凉薄,却不想泪痕未干,泪已成霜。

　　人生总有那么些时候,太疼的伤口,你不敢去触碰;太深的悲伤,你不敢去唤醒;而太残酷的现实,你不敢去面对。

　　就是在去年的这个时候,奶奶病重,所有家人都在医院进进出出，一时之间，仿佛那间病房，是我们所有人的另外一个家。那时候的我们，都以一颗无比迫切的心情，期待着一场枯木逢春。

那时候，从未思考过生死大问的自己，发自内心的茫然，从来没有认真地想过，有一天，奶奶会真的离开。

人，总是很容易将习惯成自然，任何一件事情，骤然发生的时候，反应强烈，难以接受，可当日复一日之后，就会麻木。虽然当时的奶奶病体羸弱，情况时好时坏，但我却一直觉得那都是因为年纪大了，即便抱恙，也会就那样一直将养下去。直到奶奶突然离去，我才如梦初醒。

都说，人生如戏，可我更觉得，人生似梦。一梦花开，一梦花落，有时候梦境转换得太快，你就会分不清孰真孰假。

所以，直到今天，我都混混沌沌，时常在心里问自己，奶奶是真的走了吗？

就在我还来不及仔细确认内心这份疑惑的时候，我的爷爷，就重演了奶奶的剧幕。

爷爷住院已经二十多天了，虽然从重症监护室转入了普通病房，可是这么多天了，依旧不见明显好转，甚至是各种并发症此起彼伏。直到今天，已是发烧三日不退，这让我的心情无比沉重。

每天去医院，看着爷爷瘪塌的嘴，含糊不清地和我说话的样子；看着爷爷充满渴望的眼神，让我给他找衣服穿上，挽他起来走走，说活动活动他就能好得快；听他仿佛意识清楚了很多的问题，早上吃了什么？他说他好饿，二十多天了不给吃不给喝，快要把他饿死了。看着他本就消瘦的身体这些日子更是瘦如枯木，听他说着这些让人心痛的话，真的，别提内心有多难过了。

直到今天，我才听在医院上班的姑姑说，爷爷早已是下了病危通知书的。这些日子爷爷的情况也是一直不好,现在又开始发烧,爷爷的身体已经出现了耐药性,很多药用进去都没有作用,所以高烧一直得不到控制。姑姑说,她是一点办法都没有了,一切,只能尽量。

这些话,好刺耳。

听姑姑说了这些话以后,我的心痛得想要窒息。

我依稀记得,就是在去年的这个时候,奶奶住院期间,姑姑当时也说过类似的话。

于是,我满心慌乱与焦灼,我不知所措,我无所适从。在回家的路上,眼泪一次又一次地模糊了我的视线。

就是在一个多月前,爷爷还在我这里住了几次。回到家,我看着爷爷住过的卧室,仿佛看到一向穿戴整洁的爷爷乐呵呵地走出来。

我庆幸,向来倔强不肯和子女住在一起的爷爷,他能听我的话,跟着我来。我把爷爷当孩子一样哄,陪他逛公园,带他吃好吃的。他所有的迟钝与笨拙,在我眼里都是一种可爱,他不会什么我都不怪,不懂什么我都不烦,我爱爷爷,不忍心责怪他分毫,他已经八十多岁了,哪里不好我都不介意,我只希望他能开心。他爱看"武林风",从来不喜欢别人随便动自己床的我,乐意让爷爷在自己的卧室,躺在床上,舒舒服服地看他的"武林风",然后我抱着爷爷的脚帮他剪指甲,看爷爷开心地笑,听他给我介绍每一位厉害的拳击手,尽管,我一个都不认识。

我悔恨,没有多把爷爷哄来几次,甚至干脆,就果决一点,不送他回去好了,反正平时也只有自己一个人,就让爷爷和我住下,多好。可爷爷总是惦记家里养的小狗,那是自奶奶走后,他一个人在家时唯一的活物唯一的伴儿,我又不舍得太过勉强他。直到后来,文集出版，一时忙碌，爷爷也以天冷不想让自己的家几天没人后回去太冷而推脱再来。

是爷爷一向的健步如飞欺骗了大家，让大家总以为即便多年高血压、心脏房颤，但状态极佳，无须太过担忧，所以才放松了警惕。

本来我还想着，冬天寒冷也罢，以免感冒。待到明年春暖花开，我就可以多接爷爷过来，这么多年总是顾着奶奶，都没有好好顾爷爷，现在奶奶已经离开，爷爷出门便再无牵挂，我就可以好好带着爷爷吃喝玩乐一番。谁承想，意外来得也是如此之突然。

病来如山倒，它仿佛是一场疾风骤雨，是把一场在荼蘼中旺盛的花红无情相摧，还极尽残酷之能事，汹涌无极。

岁月总是无情，时光却不能无痕，然而，多少美好的过往，却已难寻。

经年以后 我才懂得

(一)

爷爷今年83周岁了。

自从半年前奶奶走后,爷爷就陷入失去老伴儿的悲痛中。爷爷是个要强了一辈子的人。从小就不怕累、不怕苦,但绝对不能比别人差。

奶奶走后,儿女们一直希望只身一人的爷爷可以跟着他们生活在一起,可爷爷总说,跟谁在一起也不如自己在家,金窝银窝,不如自己的狗窝。跟子女们在一起,短时间或许可以,时间长了,必然惹人嫌,彼此不方便。所以,倔强的爷爷一辈子不会做饭,八十多了,一个人才开始学着给自己整那一日三餐。

每次我回去,都可以看到爷爷把自己收拾的干净利索,衬衫从来都是雪白的,袜子从来不会有一点臭味,年纪大了,眼睛花了,但是脚指甲都剪得干净利索。家里永远都像奶奶还在时的样子,一尘不染。唯独一日三餐,对于他来讲,终归也是一件惆怅的事情。

但是没办法,自己不愿意跟随子女,就只能自己想办法。

前些日子回去看爷爷,爷爷和我说,村子里有人和他聊天,问他每天怎么吃饭呢?他说有剩饭就自己热剩饭,没有剩饭就自己做。村里的人说,总吃剩饭身体会受不了的。爷爷说一个人了,没办法。村子里就有人说,自己每个月那么多退休金,条件又好,干脆再找一个吧,肯定有人愿意的。又有人说,那得什么样的人才能进得了人家的家门,人家家里可是出了名的讲究、爱干净,一般人弄不成。

这话爷爷和我讲的时候,我心里其实略有心动,想着是不是真的可以考虑。但又想到爷爷子女好几个,有一个人不赞成就不行,毕竟爷爷已经八十多了,年纪还是大了点。于是我就顺着爷爷的话说,确实也是,一般人来了您也未必能接受,何况子女儿孙这么多,您跟着我们一起生活多好。别人顾不上,还有我,我不上班,平时您孙女婿也不在家,您就跟着我,住我那儿去,我也方便照顾您。

爷爷呵呵地笑着,说他不想和孩子们在一起,只想守着自己的家。

我全然没有想过,爷爷在说这些话的时候,是不是有一种试探心理?是不是他已经有了自己的想法,只是有点不好意思,又出于对子女态度的考虑,而难于直言。

奶奶刚走那三个月,天气也暖和,大家也担心爷爷受不了打击,所以我们都频繁地往回跑。奶奶百天以后,我把爷爷接过来几次,爷爷最多也就住一晚上,第二天就要回去。逐渐地,天气冷了,人们也都接受了奶奶离去的事实,看着爷爷的心情和状态似乎也好了很多,大家也都有工作,慢慢地,都恢复了平日的正常生活。一到星期天,大家就回去一家人,平时,就只有爷爷自己。

而我,也因为个人散文集的出版发行,变得忙碌了起来,一时间,也有点忽略了爷爷的孤寂。只感觉爷爷最近状态还不错,不必过多地担心。

谁承想，可怜的爷爷，在一周前的中午准备给自己做那顿让他感觉无比惆怅的午饭时，突发脑梗，摔倒在了那个空旷的大院中。

所幸，摔倒后意识尚清醒，大喊邻居；再幸，一墙之隔的邻居，正好就在院中，及时地听到了呼喊，这才过来找人把爷爷抬回家，并且联系了爸爸和姑姑，在医院上班的姑姑带着救护车及时地把爷爷带进了医院。

尽管如此，一向健步如飞的爷爷，依旧左半身失去了知觉，大脑不清，在重症监护室已经一周，情况依旧让人堪忧。

由于脑梗造成吞咽困难，所以下了胃管，谁承想爷爷的身体对脑梗这一病发出现了全身的应急反应，胃部尤其明显，多日来出血不止，导致禁食禁水。爷爷发病那天就是准备做午饭，却因发病没吃上，住进医院一周了，也再没有吃东西。爷爷平日里就爱穿、爱吃喝，意识欠清的这些日子，爷爷天天嚷着喊着要吃要穿。

嘴里不停地说着，沏壶好茶，给他喝，他每天都得喝两壶；给他做点饭，吃好喝好病才能好，不给吃不给喝他就快要饿死了。我去陪夜那晚，爷爷喊了一晚上，要我把衣服拿给他穿上，他去泡壶茶，找点干粮一起吃。还说有个饼干特别好吃，给他衣服穿上取回来我们一起吃。那一晚上有知觉的右手一直在空中挥舞，右脚一直踢着被子，嘴里不停地说着，却不睁眼睛，看的人心都碎了。

（二）

昨天下午探视时间，我和父亲去看爷爷。

胃管里依旧是红色的液体，胃还是在出血，都已经快要一周了。

我喊着爷爷，告诉他我们来看他了。他微微地睁开眼睛，含糊不清地应了一声。

我和父亲给爷爷按摩他已失去知觉的左腿左手，爷爷睁开了水汪汪的眼睛，有眼泪顺着眼角缓缓地滑落。然后爷爷就开始说话了：

村子里某某问我，一个人每天怎么吃饭呢，我说有剩饭就热剩饭，没剩饭就自己做点。某某说，总吃剩饭身体会吃不消的。我说一个人了，没办法。村子里就有人说，自己每个月那么多退休金，条件又好，干脆再找一个吧，肯定有人愿意的。

这些话我都听过，居然和之前说的一模一样。爷爷又说，别人都给问了，有人愿意来，伺候我这个老汉，一个月给她是否少卖？清作者斟酌块钱，她还愿意和我结婚。

听到这些的时候，我才知道原来爷爷是多么想给自己孤寂的生活找个伴，能吃个方便饭。原来他之前和我说起这件事的时候，他其实是希望得到一种支持，而我却以为爷爷在给我唠闲话家常。

父亲对爷爷说，您既然有这样的想法，那为什么不早说？

爷爷说，现在也不晚，你们不给我雇。

父亲说，您之前也不说，早知道就给您找一个在家专门做饭的。现在也不晚，您好好养病，等您好了，咱回去找一个，结婚。

（三）

回去姑姑科室和姑姑说起爷爷刚才那番话的时候，姑姑的眼泪啪嗒啪嗒地往下落。她说之前爷爷和她也说过，当时她和我一样，觉得毕竟年纪大了，子女这么多不跟随，找个什么样的人能合适。所以三姑当时也是什么都没多想，就直接和爷爷说，年纪都这么大了，再找年纪小的，人家未必愿意来，找年纪大的，她伺候不动您，回头她有个什么事我们还得照顾她。所以当时的姑姑也是一带而过没有认真。

直到现在才知道，一直以来，都是我们认为爷爷年纪大了，其实爷爷自己根本就不觉得自己有多老。他知书识礼，虽生活在农村，但是个人生活讲究了一辈子，精致了一辈子。尽管已年过八旬，但他依然对生活充满美好的期待与向往，依旧追求生活的品质。再加上自己退休金每个月有好几千，这对于一个农村的人来说，条件确实不差，说不定真就有人愿意进门，跟爷爷搭个伴过日子。

虽说子女众多，儿孙满堂，可大家都有各自的家庭与工作，一个星期才见一次，对于他老人家内心的那份孤寂与日常生活的困难来讲，又有多大作用？

自从奶奶走后，爷爷就一个人独自面对着那个到处都是回忆的大家大院，他的悲痛，他的思念，他的孤寂，他的无助，又有谁能真正体会？

如今，那么一个对生活充满美好憧憬与期待的人，就变成了重症监护室里一副意识欠清一切都不能自理的模样，然后嘴里重复不停不分昼夜地念叨着他这点小心事，是让人多么的痛心和难过。

过去这些年，奶奶一直不适，大家总是顾着照顾奶奶了，都顾不上爷爷。现在奶奶才走了刚刚半年，大家都还没顾上好好心疼一下爷爷，爷爷就成这样了。

后悔啊，为什么没有多一点时间在他好着的时候去陪陪他，为什么没有多倾听一下老人的心声，在他说出别人给他说让他找个老伴儿这件事的时候，为什么没有多问一句，您是怎么想的？

原来爷爷并不是没有自己的想法，原来爷爷一直都渴望大家为他着想这件事,他在期待大家的赞同与支持,渴望大家设身处地地为他安排一个人,缓解一下心中苦闷的每一天生活。

他要的是自己独立的生活,而不是大家只站在自己立场上,自以为是地把他接来和谁在一起生活。又或许,他执意不肯跟谁走,就是希望大家能够反应过来,给他另外一个安排。

可惜,一切都晚了,现在才明白,是不是有点晚了?

医生说爷爷再也不可能恢复如初了,就算意识完全清醒,恐怕勉强能走几步就是最好了。不知道清醒后的爷爷,体面要强了一辈子的爷爷,面对行动有所不便的自己,会不会再受打击。

祈祷,爷爷能好起来,一定要好起来。

到时候,凡事征求爷爷个人的意见,倾听老人家内心的想法,想要怎么样都依从,只要他晚年开心快乐,比什么都好。

(四)

至此,我终于明白,为人子女,永远不仅仅是说你有多少钱,给他买了多少吃喝穿戴,还要多和他进行心灵上的沟通,多了解他内心的需求与精神的渴望。

老人需要的,不是子女的数量,也不是子女的金钱物质,他更需要的是,贴心的温暖,与知冷知热的陪伴。不要一切都你认为了,老人虽然老了,可他依旧有自己的想法和心思,条件允许的情况下,多倾听他的内心,多依从他的渴望,多一些重视与关心给时光有限却付出了一生的老人吧,不要留下太多的愧疚,抱憾终身。

- 关爱空巢老人 勿令独居 -

2016年11月17日中午,爷爷突发脑梗。

这个消息于我来讲,实在是太意外,太突然了。前两天还回去一起吃饭,爷爷精神状态那么好,怎么会突然发生这样的事情。

那一瞬间,仿佛晴天霹雳,电到了我的脑袋,我感觉一阵眩晕,心慌无措,泣不成声。听到我急切的哭声,母亲说怕我情绪激动,打个车去医院吧,不要开车了。我靠着墙,拿着电话,告诉母亲没事儿,然后我便眼泪一把鼻涕一把地开车赶往医院。

我家距离爷爷所住的医院并不远,可我却心急如焚,恨不得立马飞到爷爷身边。

这一路上,仿佛奶奶离去前病重的过程历历在目,爷爷发病的日子,刚好是奶奶离开的六个月整,一天都不多。我难以想象爷爷一个人摔倒的情景,更不知道此刻情况如何。

等我急切地赶到医院的时候,父亲,大伯,姑姑,所有家人都在,爷爷却在重症监护室，不能得见。

我站在重症监护室的门外，抬头看着微亮的灯光照射着 NICU（重症加强护理病房）几个字，生平从来没有任何时候，能比得过那一刻，想要看到爷爷的迫切。

我用手摸着 ICU 病房的玻璃门，我扶着墙，难抑心中的痛楚。可怜的爷爷，自从奶奶离开后就一直逞强。一辈子不会做饭，却每天一个人独守那个大家大院，笨拙地为那一口吃。如今，却一个人摔倒在院中。是求生的渴望，让他在摔倒肢体不听使唤的情况下，大呼隔壁邻居。

幸亏，是摔倒在敞开着大门的院中；幸亏，隔壁邻居恰巧那时也在院中，及时听到呼叫；幸亏，那几天天气还不是特别冷，否则呢？

假如摔倒院中，隔壁家中无人，或有人也只是在屋里；假如摔倒家中，叫天天不应，叫地地不灵，又几天没有人回去；假如天气很冷，正如近日零下好几度，摔倒院中没有被及时救起……

虽说已是万幸，但正是那诸多的不堪设想，更加让我心痛难当。

直到今日，住院已近一个月的爷爷，都难见明显好转。想想爷爷之前那精神抖擞，穿戴讲究的样子，如今却是卧床难起，胃管流食。其实，说流食都是好的，多少天液体维持，近几日才凑合能进一点点米汤加些许牛奶而已。

发病不由人，或许无论跟谁在一起，在哪里，该发病的时候都无可阻挡。只是，我的内心始终涌动着无名的追悔，却又说不上来到底在懊悔些什么。只觉得似有芒刺在心，疼痛难言。

人人都有家，家家都有老。如何妥善照顾老人，是每一个家庭每一个子女义不容辞的责任。人到中年，上有老，下有小，中间还有工作要糊口,确实也是分身乏术。有的老人,愿意听从子女安排,管你嫌弃与否,反正就跟子女在一起。而像爷爷奶奶这样的老人,奶奶在的时候,更是不愿意和子女在一起。现在奶奶走了,爷爷一个人,还是不愿意和子女生活在一起。

就算发病不由人,但至少和子女住在一起可以吃顿方便饭,不用一辈子不会做饭,八十多了压抑着沉痛的相思之苦,还要笨手笨脚地为张罗那顿饭而发愁。毕竟,子女儿孙再怎么抽空回去探望,回去做饭,最多也就是一餐两餐,终究还是免不了自己犯难。

住院的这些日子,爷爷每每说着想要好好吃口饭,想要吃个馒头喝碗粥的时候,我的心就像被刀剐了一样生疼。一直以来,山珍海味也不是吃不起,可是家常便饭也无人做,又有什么用?

可怜的爷爷,您一定要好起来,就当是给所有人再多一次机会,定让您一日三餐,饭来张口。希望看到此篇文字的朋友,如果你家有老人,无论多忙,请将他们接在身边照顾。

尤其是空巢老人,虽说来日方长,那是于你而言。正因为来日方长,所以无论你想干什么都可以后置安排一下,而老人,却只有现在。于老人而言,什么都可以等,但尽孝不能等。切莫让操劳辛苦了一辈子的老人,晚年孤寂凄苦。关爱空巢老人,勿令独居。

– 花谢花会开 只要春来到 –

当人们还沉浸在过年的欢乐中时,我却满心悲伤,焦灼难耐。面对新春的欢颜,迎合,却是连伪装都难以做到。

总想去医院多看爷爷一眼,可是去了,又不知该做些什么,能够让爷爷好起来。看着病床上的爷爷,瘦骨嶙峋,憔悴不堪,那张爬满岁月沧桑的面孔,时不时地一阵抽搐,痛苦,显而易见。

我将搓热了的手掌,轻轻地放在爷爷的额头上,轻抚过爷爷的脸颊,爷爷闭着眼睛,把头微微地向我这边蹭了蹭,却没有足够的力气睁开眼睛看看我。

此时,心疼的感觉,透过指尖,遍布全身,心头涌起的悲伤,却化作无声的血泪,倒流进心底。每每看着爷爷的病容,我的脑海里总是浮现出爷爷好时候的样子,洁白的衬衫衣领整齐地翻在毛衣领上,笔直的裤缝下,一双连鞋帮都没有一丝污痕的鞋子,盈盈一笑间,一排洁白而整齐的牙齿,温暖而慈祥。尽管那都是假牙,但却让爷爷看起来年轻了十岁。一向身轻如燕,状态极佳的爷爷,怎么就会一下子变成现在这个样子?

两个多月了,病情一再起伏,却是束手无策,只能眼睁睁地看着一副血肉之躯煎熬成了皮包骨,那是想哭却无泪的惆怅,更是心痛却无言的绝望。

拈花有意风中去,微笑无语须菩提。念念有声灭四相,弹指刹那几轮回。

为什么人总要面对生老病死,为什么昔日的记忆仿佛如昨,现实,却已是悲喜两重天?

我可怜的爷爷,到底什么时候才能好起来?我亲爱的爷爷,希望您能争口气,一定尽快好起来。

我好想念那个会和我说心里话的爷爷;好想念那个为他换洗了衣服就会开心地去照镜子的爷爷;好想念那个洗手会给我加热水,喝水会给我沏好茶的爷爷;好想念那个不让骑自行车还要偷着骑的爷爷;好想念那个一天没有酒就不开心的爷爷;好想念那个喜欢吃我做的饭的爷爷;好想念那个看着《武林风》就激动得手舞足蹈的爷爷……

卫生间还挂着爷爷的擦脸毛巾,那是他来我这儿小住时用过的毛巾。我一直都没有收起来,是因为我一直都想着,等天气暖和了,爷爷愿意出门了,我好再把爷爷接来,做新鲜的饭菜给他吃,任由他霸占着电视机全神贯注地看他喜欢的《武林风》,我想告诉爷爷,我家用的是小米盒子,想看多少期都有,只要爷爷喜欢,我都让着您。我还想告诉爷爷,不要多心见外,无论您是多么的笨拙,多么的不懂不会,我都不会嫌弃,您就放心地,好好地陪我住着,权当是我报答您从小护我周全的恩情。您是我的骄傲,即便现在老了,在我眼里也是最可爱的。奶奶已经走远了,我希望您,我的爷爷,能多陪陪我。

抬头，仰望夜空，一颗星星都没有，满目荒凉。我深深地将头埋进怀里，眼泪无声地滑过脸颊。此时，一颗脆弱的心，像是一个置身荒野的孤影。苍茫的夜色，弥漫着刺骨的冰冷，窒息的刺痛，让我找不到方向。惊慌，衍生出莫大的无助，我恨不能仰天长啸，释放内心深处那份无法承受的难过与担心。

惆怅东栏一株雪，人生看得几清明。奶奶离去的悲痛还不曾淡去，何以，爷爷又如此这般？我这生命中最亲最亲的人啊，连着筋，扯着肉的痛啊，我到底是要怎样，才能逃离这现实，这残酷，这痛苦，这惶恐？

还记得奶奶生病的那段日子，每次回去看望奶奶，走进院里，我就会产生奶奶健康依旧的幻觉，觉得透过玻璃窗的家里，院子里，到处都有奶奶小脚蹒跚的身影。看到我回来，她驻足，回头，看着我笑。走进房间，就能看到爷爷在拿着吸管给奶奶喂牛奶，我常常分不清幻觉和眼前，哪个是真，哪个是假。

而今，我只要一离开医院，就会觉得爷爷生病只是一个噩梦，我知道，爷爷还在家好好的，尽管奶奶离开了，但爷爷依然守着那个大院子。他戴着老花镜在房檐下看书；然后笨拙地为自己做了一口饭吃，虽然饭不怎么样，但依旧免不了一口好酒。然后，爷爷美美地睡了个午觉。爷爷坐在午后的时光里，只影品茶；爷爷锁上门去大街上和闲聊的街坊们唠了会儿嗑；接了个电话，说明天有人回去给他做饭，他开心地笑了，终于可以少愁一顿饭了。夕阳西下，爷爷回家了，将一窗明月关在窗外，月光透过窗棂照进屋子，显得冷冷清清的。他打开电视机，不停地换着频道，然后便与沉闷的时光一起安睡在苍茫的夜色下。

爷爷乐观、坚强，尽管经历了失去老伴儿的痛苦，但他对生活依旧充满了美好的期望。他是村里少有拿退休金的老人，他自豪，他骄傲，他觉得自己一向硬朗，只要学会了做饭，就一定可以把一个人的小日子过得有声有色。

是的，我们都相信爷爷可以，我们都觉得爷爷状态极佳，美好的生活，并不会因为奶奶的离开而终结。

谁承想，生命如此无常。

爷爷，新的一年已经开始了，您知道吗？寒冬已去，春将至，您可曾感受到春意盎然的召唤？

好起来，我们所有人都对您抱有极大的期望，我们不会放弃，您也不要放弃，好吗？

花谢花会开，只要春来到。

- 成长 是岁月行间的疼痛 -

初春的午后,一缕阳光懒散地照耀着大地。微风,正忙着吹醒那些还在偷懒沉睡的小草,树枝,有一下没一下地点头哈腰,与这慵懒的风儿,嬉戏、打闹。

窗台上,一盆绿萝低垂着枝叶,在薄纱如雾的窗帘下,若隐若现。我披散着凌乱的头发,从床上爬起来,在镜子前,看到了自己内心深处,那片在阳光下暴晒多日,却始终不得晴爽的阴霾。

时光如风,穿尘而过,总是轻易地带走一场花事,凋零许多过往。无论多么美丽的容颜,多么绚烂的生命,多么美好的人生,在时光面前都是那般卑微、脆弱,无力抵抗,最终,都只能在时光的霜刀雪剑下,弃械投降,尘归尘,土归土。

于是,我便也被时光卷入了无情的较量中,仅在短短九个月间,就失去了从小抚养我长大,这一辈子,至亲如命的两位亲人,我的爷爷奶奶。

仅仅九个月,就让我失去了两个至亲的人。生命于我,到底是不是有点残忍？

回首往事，烟雨蒙蒙，曾经属于自己的时光，无一不填满了与他们在一起的欢乐。而今，都成烟云。

悲痛，和悲痛的雪上加霜，让我再也无法承受。一时间，生命的阳光被内心裹着疼，带着血，含着泪，扯着皮的疼痛，尽数侵噬。那是一种内心深处的崩塌，一种灵魂的溃泄，我将自己深陷混沌阴霾，久久难以自拔。

失眠与梦魇，变成了日夜交替的魔爪，将我死死捆绑，不肯放下。经常，我想要号啕大哭，我想要哭的掏心挖肺，我想要哭的惊天动地，我难过的无法言喻，我悲痛的生不如死。我迫切的内心，只想能再见他们一次，哪怕，就一次。

可是，怎么可能？

我梦到和他们在一起，一如往日，聊天，吃饭，说笑，总之，脑海里满满的都是在一起的幸福。

我梦到给爷爷买了好多吃的，爷爷高兴地和我一起拎回家。

我梦到爷爷和我说："给爷爷把那鞋拿去刷刷。"

我梦到奶奶和我说："有时间，你多回来看看我。"

是啊，我多想能够再回去看看你们。可如今，我要到哪里去看，怎么才能去看呢？

书桌上，风信子正美丽地绽放着，在一帘烟雨的滋润下，湿润了含苞的蕊，丰盈了艳丽的花瓣。花开只一季，季节辗转，花儿就会凋零，走得最急的，总是最美的风景。一季花开，如一份情缘相牵：花开，正逢时；花落，期限已到。这一季，你只是用生命的温暖，呵护我途经了花开的绚丽，却无法再伴我走到荼蘼。

骤然的失去，瞬间的空白，我要走过多少日夜的交替，才能坦然面对那份彻骨的失落。

成长，是岁月行间的一种疼，它将我的心，生生地拉出了一道又一道的血痕。眼里无限涌出的泪水，不仅模糊着我向前迈进每一步的视线，它还夹着冰冷，掺着浓盐，一滴一滴渗入了我血肉模糊的心，让我疼得不知所以，痛得难以呼吸。

于是，姑姑微信发来简单的一句话："说服自己，做个内心强大的人，坚强下去。"

不知道为什么，这句简单的话，真的让我那么那么痛，我抱着自己，痛痛快快地哭了一场。

我拼命努力地告诉自己，要做个内心强大的人，让这件事情成为过去，我要尽快地好起来。

人生一场旅途，风雨苦乐交加，岁月，就这样一点一点地流逝。路有长短，事有喜悲，有些舍不得，终究，也只能放在心里。树叶飘落了，变成了滋润树根的肥料；冰雪融化了，汇成了浸润大地的清流。

而我爱的，和爱我的他们走了，却还有骨血相亲。

蓦然回首，父母已近知天命之年。这么多年，匆匆老去的，岂止是爷爷奶奶，就连父母，也已逐渐不再年轻。

我突然发现，自己这么多年，把一份孝敬老人的心思，尽数放在了爷爷奶奶身上，竟从来不曾留意过，我的父母，也开始老了。

我甚至不知道母亲爱吃什么；父亲穿多大号的衣服。当我想要像给爷爷奶奶买零食般的买些吃食给他们的时候，我的内心竟然是那般空白。那是一种不习惯，让我不知道买些什么才是他们想吃的，爱吃的。

慌乱中，我疯狂地搜索着讯息，急切地告诉自己，要将空白的一切，恶补回来。爷爷奶奶已经没有了，我要学会爱父母，爱更多的亲人。我不能沉浸在已经回不去的过往中，将时光荒废，将生命虚度，然后有一天，豁然清醒，却是留下了更多无法弥补的遗憾。

遗憾，是人这一辈子最刻骨的欷歔，那是厚重的自责，深沉的亏欠，更是一念即痛，却再无机会弥补的深渊。所以，哪怕劳累奔走，甚至千辛万苦，都不要让自己的生命留下太深的遗憾。否则痛不能当，后悔已晚。

闲暇之余，总在想，未来的自己，到底会过怎样的人生。岁月流逝，我们都是岁月的孩子，它带给我们悲喜，也教会我们成长。最终，我们都要学会用一种客观的角度，去透视生命的本质；用一种因缘的视角，去观照生命的轮回。

其实，生命，就是一场轮回；成长，就是一场疼痛。风雨交加皆是行程，阳光阴霾都要走遍。如此，才算不枉活过这一回。

既然如此，那就承受这一回。无论多痛，都要努力走过。就让心间的疼，来画生命的圆，但愿走过这一程，此生更坚强。

— 但愿人常在 人间更吉祥 —

  天,还是那么蓝,云,依旧悠然。初春的寒风,凛冽着痛苦的心,眼泪,肆意成了悲伤的模样,悲痛,随风飘荡,我至亲的人,您可知我们不舍的心碎,想念的崩溃?

  人这一生,总有回不了的头,找不回的过往。岁月,是一把无情的剑,将生命一刀刀割碎,迎生送死,终结了多少相聚,又埋葬了多少温暖。

  如果人生,是一段长途旅行,那快乐与悲伤,就是两条长长的铁轨,在我身后紧紧跟随。也许,人不应该长大,长大就像是在赶路,追赶了光阴,也追赶着生命的终点。一路的风景,总是常换常新,新的让人怅然若失,让人悲痛不已。

  明明灭灭的人生,您却是我生命的一盏启航灯,温暖我的寒冷,关照我的一生。而今,您却油尽灯枯,不再照亮我生命前行的路途,丢下我,任我想念任我哭。

  人这一生,就像看一场烟花。看得不经意,就会错过;看得太认真，又会惋惜，终究是太过短暂。匆匆一生，经过多少春夏秋冬，历过多少风雨悲喜。好不容易，一切都已安然，时光，却已行经暮色。来不及多一次拥抱，来不及多一点回报，夕阳，就已西山沉落。

想念啊，那昔日的微笑，温暖了我生命的每一个日升月落；想念啊，那往日的护佑，伴我年幼无助，直到长大成人。

想念一个人的滋味，就像是喝了一杯冰冷的水，然后一滴一滴凝成热泪。我多么想能够再见您一面，再握一下您温暖的手掌，感受您指尖传递的温暖。

您总是无私地奉献；您总是入微地关怀；您总是那么有耐心，从小到大，任由我"欺负"陪我玩儿；儿时的寒冬，每次晚上去院子里上厕所您都会陪我，怕我害怕，站在那刺骨的寒风中，揣着双手等着我，不厌不烦；您总是为别人着想，辛苦了一辈子从不愿意给别人添麻烦，无论自己多难都要一个人独守着那处老宅；您总是那么多心；总是那么要强；总是那么硬朗；总是那么齐整；总是那么……

那些无处安放的记忆，在这深深庭院中，被清冷的寒风湮没了续接的足迹，重重叠叠的梦，夜夜在痛彻的心扉中，潮湿回旋。我亲爱的人，我的爷爷，您一个人睡在那冰冷的棺木中，可冷？可寂寞？

我想您啊，我真的好想您。您醒过来啊，爷爷，您醒过来再看我一眼，再吃一次我做的饭，再穿一次我洗的衣，再陪我说说话啊，再陪陪我……

岁月，就像一条河，左岸，是无法忘记的回想；右岸，是值得铭刻的成长，两头飞速流淌的，是生命无法挽留的时光。我不停地回首，驻足，然而，时光依旧扔下我，冰冷无情地向前飞逝。

终于，我还是失去了。

我失去了从小到大成长的家；失去了从小到大依赖的人；我失

去了从小到大的归宿；失去了无论我走到哪里都放心不下的牵挂。

终于，我还是失去了。

是岁月无情，夺去了我至亲的人；是生死轮回，夺走了我内心的根。是生命无常，让我在心底，嘶吼着无法言说的痛；是病痛无奈，让我无力续写继续相伴的美好。

只有经历过绝望的人，才知道无能为力是一种怎样的无助；只有亲历过失去的人，才明白生离死别是一种怎样的彻痛。

一直觉得您坚强乐观，相信您扛得住失去老伴儿的悲痛，抵得过岁月的无情相摧，却不想会让您一个人摔倒在院中。

一直以为上天会眷顾，相信您可以好起来，所以直到最后一刻都没有放弃，却不想依旧留不住您要离开的脚步。

您走了，一时间带走了我们所有的快乐，带走了家里的温度，带走了美好的愿望。至此，我们还牵挂谁？不放心谁？回去看谁？

老人啊，操劳了一辈子，培育了一大家子，到最后，自己竟如此痛心地离去。无论去哪里，都再也找不回来，再也找不回来了。

爷爷，放心吧！我会记得您的教诲和疼爱，我的脑海还经常浮现出您微笑的慈颜，我会不负养育，好好地活着，大家都会不负您的养育，好好地活着。希望爷爷和奶奶，在天堂团聚，看着你们养育的我们，能够安心而又自豪地笑眯了那双亲切和蔼的双眼。

爷爷，请走好。

净土重重现，莲花朵朵开。但愿人常在，人间更吉祥！

— 相思的渡口 我静待来世 —

佛说:"一切有为法,尽是因缘和合,缘起时起,缘尽还无,不外如是。万发缘生,皆是缘分。前世若为恶者,今生必有劫数;前世若是善人,今生则有福报。每个人,都是两手空空,来到人间,前生记忆,皆被删除。既来之,我们所能做的,就是修好今生,福泽来世。"

常常觉得,定是我曾在佛前苦苦求拜了千百年,今生,才会有这般刻骨深情的眷恋。

相信,今生所有交集,皆是缘分注定。或深或浅,或浓或淡,决定着每一份情缘的呈现方式。于是,我们成为了朋友,爱人,与至亲家人。

然而,天下无不散的宴席,曲终人要散,人走茶必凉。这世上最难改变的,就是自然规律。岁月迁徙,历史更迭,唯一不变的,就是人的生老病死,物的春荣秋枯。

人生之无常,朝拾花瓣暮凋零,晨沐阳光夜风雨,真真假假,虚虚实实，明明灭灭，不过瞬间。最是不想面对无常，却最是无常。所以，我曾在奶奶离世之后，偶然间对爷爷婉转提议，百年之后，若有什么心愿安排，可以写好封存起来。

凡事预则立，不预则废。尽管，我的内心，是多么的不希望有那么一天，但我却深深地知道，终究，无可避免。

谁知，意外就像一场暴雨，骤然间便可倾盆。落红无数间，更是将对明日的希望，湮没于滚滚沙河之中。置身于那湍急的乱流中，无论你如何挣扎，如何努力，最终也是凶多吉少。爷爷突发一场大面积脑梗死，一病不起。说不清话，写不了字，自己苦心经营了一辈子的家，要交托于子女了，却怎么都交代不出自己的想法，直到闭眼，何其心痛。

奶奶离世不过九个月，爷爷就与世长辞。对于自小和爷爷奶奶长大的我来说，爷爷的骤然辞世，让我在不到一年的短短光景中，痛失了两位至亲的人，似山河崩裂，天地塌陷，瞬间，便觉世景荒芜。我声嘶力竭，哭天抢地，所有人都泪如雨下。这次死别，比上一次伤感更深。痛心，岂止刻骨，简直无以复加。

夜幕降临，我伫立窗前，遥望万家灯火，时光仍在，而我，却瘦减了年华。

人生沧海，匆匆百年，幻灭一瞬。多少人，期待岁月可以重来一回，便可以免去了那诸多的遗憾，却不知，宿命前世已定，纵是光阴轮回，亦是无法更改命定的结局。

痛失至亲之人的痛苦，仿佛是一道无法逾越的沟壑，身伤，尚可以治愈，可心伤与神伤，却犹如跌落万丈深渊，回头无涯，垂死挣扎。我曾一度焦虑，抑郁，夜不能寐，食难下咽。思念，就像是喝了一杯冰冷的水，难后凝结成流不尽的悲伤泪。

岁月如风,风过可以无痕,可心碎,怎能无迹?生命中总是有那么些过往,当我们真的以为已经彻底失去的时候,却发现,那些昨日的光影,可以借助记忆的留存,氤氲于一场梦,一幅画,甚至一个重游的故地。

虽是镜花水月,却可以聊以慰藉那颗在疯长的思念中,不知疲倦想要寻觅的心。只不过,情再深,也回不到当初;梦再真,也无法兑换成实。最后,只能以失望而告终。

都说,今生是前世的因,那来世,可否做今生的果?

这辈子,我做您的孙女儿,没有做够。在这相思的渡口,我静待来生。若真有来生,我们还做至亲的一家人,可好?

漫漫尘路,一霎风,一霎雨。曾经,我在伞下观雨;而今,我在雨中念伞。生命,无论行至怎样的荒途,都会峰回路转。当春暖花开,我在春光潋滟中葳蕤着相思,也沉淀着悲痛。

冬去春来,续写着生命的赞歌,而依旧活着的我们,何尝不是逝者生命的延续?此生已然,且待我们来生,再续。

回忆 旧时光

（一）

一个村子，一条主路，就像一截羊肠，蜿蜿蜒蜒，曲里拐弯儿地将村子里的一户户农家，从南到北串联起来。路的两旁，大都是土坯泥墙围起来的院子，路也是土的。那几年村子里的人除了务农，就是养羊养猪养鸡鸭，稍微有钱一点的人家，也会养上几头牛，别的还好，主要就是那牛，不一定什么时候它就要毫不矜持地解决它的内急问题。

在那土哄哄的大路上，走着走着，尾巴一翘，只见一坨坨热气腾腾的牛粪大饼就"吧唧吧唧"地摆在了路上，惊得尘土一阵狂飞乱舞，最后还是乖乖地落于粪饼之上，开始了相濡以沫。

走在大路上的人，一般都需要把眼睛睁大一些，不然脚底尝鲜踩到"雷"，那也是常有的事情。

村子大概分三个部分，村北头、村中段和村南头。村南头相对比较偏一些，村南的尽头就是一些荒滩草坪和庄稼地了。爷爷家就住在村南头，那一片几乎都是本家人，一个老爷爷的子孙。村北头比较"繁华"，去镇里市里都要经过北边，出村不到10里地就是110国道，小商小贩什么的进村也方便，大部分时候就在北边那一片儿。村中断是人流相对聚集的地方，尤其是夏天的午后和农忙时节过后，那些男男女女老老少少，女的艳，艳在难得不用刨土特意穿着的花衣上；男的亮，亮在那风吹日晒黝黑的皮肤上。难得清闲，大家便这儿一堆儿，那儿一伙儿的，不是摔着扑克牌，就是聊着些不荤不素的段子。谁家的新媳妇长得俊惹人惦记；谁不小心看到了谁家的女人撅着屁股在院子里洗头发时露出的那嫩生生的腰条子；男人指着对面那女人说，你看你肥的，就跟圈里那隔年的猪一样，坐在那儿那么大一堆。边说边还用手比画着；女人说，你快别说我了，赶紧照镜子看看你自己吧。黑的都快赶上那西游记里的黑熊老怪了，你说你到底是挖煤的还是烧窑的……

旁边的老汉，从兜里摸出一支卷烟，叼在嘴上，那枯树枝般的手颤颤巍巍地划着一根洋火柴，将烟点上，然后眯缝起爬满皱纹的眼，开始"吧嗒吧嗒"地享受；不知谁家的老太太也拄着拐挪过来了，一块手工缝制的布垫子，往那暄哄的土地上一扔，坐了下去。

那些男男女女，你一言，我一语，依旧逗着无伤大雅的乐子。那些面朝黄土背朝天的人们，他们以天为被地为庐，日出而作，日落而息，他们刨的不是土，是希望；那些洒落在田间地头的汗珠也不是汗，是希望的甘霖。

而此刻的他们，更像是那盛开在墙根下的蔷薇花，一簇一簇的，开得热烈，开得娇艳，开得充满朝气与活力……

(二)

说完了他们,也说说我吧。

七岁那年,爷爷带着我,去村北头的小学报名,上了学前班。

那是村子里唯一的一所学校,砖墙青瓦,七八间平房。学校的老师都是村里年轻的知识分子,只有校长年长一些,大概和爷爷差不多。校园靠北边的中间有一个大花池,种着各种红黄橙紫的花儿。每到春暖时节开始,中高年级的学生们就要在活动课的时间去浇花。一口压水井站在太阳下暴晒着,仿佛在抽血吸髓般地,被学生们轮流压着,伴随着"嘎吱嘎吱"的声音,一股股拔凉的井水便汩汩而出。其他高年级的学生就排着队,提着桶,一桶一桶地将水倒进花池。一节活动课下来,花池里蓄满了水,慢慢地消化着。花池和水井之间也出现了一条湿嗒嗒的路,就像是两两相望的彼此间,突然联通了一条心灵的隧道,静默地交流着它们之间的感情。而那口博爱无私的压水井,此时也已经是大汗淋漓,气喘吁吁的了。落日余晖,霞光万丈,那口孤独的老井,在烟霞的映衬下,显得格外沉稳而沧桑。

校园东西还各有一个篮球架,西边还有两间房,一间是看校门老大爷住的地方,另一间是储藏煤炭的地方。西南角上还有一男一女两间厕所,这就是学校的所有家当。

哦,对了,学前班的班主任老师,也是村里的一位老教师了,长得很慈祥,像位奶奶。拼音教得特别好,我至今都受益匪浅。

班上有二十多个学生,大多是农民子弟。只有我,说农民子弟吧,家里没有几亩地,父母和爷爷都上班。说不是农民子弟吧,也就在村子里玩儿土抠着泥一起长大。只不过不下地,不放羊,不割草,不喂猪,在姑姑不断地给买新衣和奶奶干净整洁的照料下长大。

由于没上学前妈妈就教了很多汉字唐诗,也因为家里都是文化人潜移默化受些影响,所以上学后学习特别好。再加上爷爷爸爸包括大伯,都是在信用社工作,村里的人们每年一到春种用钱和过年的时候,就找爷爷爸爸办贷款,所以家里每个人走在村子里都比较受人尊敬。那时候,学校的同学们都以为银行就是我们家开的,钱都是我家的似的。加上当时在班上学习也好,经常受到老师的表扬,所以在同学间感觉还是蛮有优越感的。

就在学前班下半学期刚开学不久,有一天,我去办公室拿作业本,出门的时候不小心绊了一下,就把办公室门口摆着的花盆打碎了。当时吓坏了,拿着作业本拔腿就跑。回到教室后那个心慌,想着不知道会不会被发现?老师会不会调查追究这事情。

第二天一早,学校开新学期师生大会。在会上,校长突然问道,昨天谁把办公室门口的花盆打碎了?怎么也不说一声就不管了?读书知理,知错能改,这圣贤书都白读了?不管是谁干的,希望那个学生散会后能主动承认错误……

当时站在下面的我,脸红手抖,就像是做了什么见不得人的事情。那小心脏慌的,要不是嘴闭得紧,我都担心它能蹦出来。

回到教室后,我想来想去,不就是一个花盆吗?我又不是故意的。都说知错能改就是好孩子,我怎么能成为一个不是好孩子的孩子呢?可是,那为什么昨天不承认呢?现在要怎么去说,也不好意思啊。于是我想到了一个办法,写信。

我撕了一页作业本纸,然后拿着铅笔,歪歪扭扭地开始陈述昨天如何不小心打碎了花盆,又是如何害怕慌张,今天又是如何深刻地认识了错误。一个学前班的学生,能写几个字。当时还不会查字典,很多不会写的字我都用拼音代替了。这样一来，一封汉字与拼音相结合的检讨信就完成了。现在想来，那还是我生平第一次"作文"，大半页纸呢。

没想到，就是那不成文的检讨信，给我带来了更惊喜的心跳。

据说当时校长看过信以后，便带着信去了一趟地方学区，和相关领导汇报了我平时在学校的表现，以及学习成绩，当然还有那封汉字加拼音的检讨信，申请并通过了让我由学前班直接跳班升学二年级的事情。

当这个消息在学校甚至村子里传开以后，那影响可想而知。我可是学校唯一一个跳班生啊，那不仅使我在学校受到老师学生们赞许的眼光，就连爷爷家人，都倍感自豪。

值得庆幸的是，我也没有因为跳了一级半道插班就跟不上大家。到了二年级，班里加上我也才只有九个人。虽然我年龄最小，但依旧是第一名，也算是不负所望。

（三）

写到这里，倒是让我想起了一位老师。

我是在五年级的时候转学去县城寄宿学校的。现在想想，那位老师应该是在三四年级的时候教过我。

那时候，学校从邻村调来了两位新老师。一位教六年级，一位教我们。

老师姓杨，个子挺高，脸挺长，加上像草一样立在头顶的寸发，整体看起来就是身长头也长。经常骑一辆有着横梁的旧自行车，奔波于学校与家之间。

说来也是辛苦,春夏秋可能还好,尤其冬天,老师每天穿着棉衣,戴着棉手套棉帽子,围着粗毛线手工针织的大围脖,伴着冬天那萎靡不振的晨光,蹬着他的两轮座驾,风尘仆仆地赶来。那时候教室里都生着炭炉,班上四个男生,五个女生,轮流生火炉。但是我不会,每次鼓捣半天浪费了一堆引火柴也点不着个炉火,最后还得和我同班比我大一岁但管我叫姑姑的本家侄子帮忙弄。

等老师来了,炉火正旺。他便站在讲台上,一件一件地卸装备。先是手套,帽子,再是围脖。等这些装备都放在讲台桌上以后,抬头看看老师,那脸红的就像炉膛里的火焰,眉毛上的清霜化成了小水滴,鼻子上还挂着清鼻涕。这时候老师总会掏出一张纸,将身子一侧,"呲呲"地擤上两股,折叠一下,再擦擦像红辣椒一样的鼻头,便把那变得有点沉甸甸的纸喂进了炭炉的嘴里,听着炭炉瞬间发出的"刺啦刺啦"的细碎声,老师便移动着脚步使劲儿地搓搓手,将那厚重的棉衣外套挂在窗户的把手上,便开始了这一天的课程。

可是我真正想说的,并不是老师的这点儿辛苦。而是老师讲课中的一个特点。

三四年级的学生,应该正是开始淘气捣蛋的时候。班上虽然人不多,但都是一个村子里一起耍大的娃,老师稍微给点颜色,我们立马就能开起染坊来。

本来讲课就费嘴,一个老师通课教,再加上还要时不时地碎碎念这个转过来,那个别搞小动作,老师就既费嘴又费神了。

那时候,我坐第一排正对老师讲桌的位置,老师每天不但在课间要吞云吐雾,让我的视线云雾缭绕恍若天上人间,最主要的是老师说话的唾沫星子,乱飞。

说来也怪,那时候的老师好像特别抗旱,说话那么多却很少见喝水，然而口水还不少。而老师的唾沫星子也是特别有个性的。小的，像是洗衣服放多了洗衣粉的泡沫，有时候调皮，偷溜出来一两个，挂在嘴边的胡子上久久不散。老师看不到，但是我们能看到。那出关的唾沫星子，就像是坐上了花轿的大姑娘，任凭老师那不停讲课的嘴载着小胡子时起彼伏，它都紧紧拽着嘴上那胡茬儿四平八稳，有模有样。

常常，看似听课的我们，不是被老师那有质量的唾沫星子所雷倒，就是在数着老师每句话结尾的那个"啊"字中而浑然不知他讲了什么……

(四)

距离上小学那会儿都过去将近20年的光阴了。那时候没有伊利，也没有蒙牛，更没有十个全覆盖。村子里的人除了像爷爷这样个别人是上班赚钱养家外，大部分人一年四季全靠刨土种地过日子。

地里是土的，路面是土的，院子是土的，房子还是土的。就连穿着的衣呼出的气，都带着土的味道。钱虽不多，但值钱。那时候，如果谁在学校穿了新衣服，走在校园就会像明星一样闪耀。如果再能够在"六一"儿童节、元旦、国庆节等节日的活动台上，得到表扬，领到奖状奖品，那更是要亮瞎别人的眼。

不过现在回忆起来，当时那种小小的光辉时刻，我还都曾经历过。

那时候，我比较爱唱歌。一个小本本上面，花里胡哨地贴着一些小贴纸，然后密密麻麻地抄着一个又一个的歌词，便是谁也轻易摸不得的宝贝。喜欢的有：《没有共产党就没有新中国》《我们是共产主义接班人》《学习雷锋》，还有《快乐的节日》《粉刷匠》等满满的一本子。

不过我记得当时在班上唱得最多的是《小草》，忘记了当时是怎么学会的这首歌了，反正老师动不动就点名，让我起来给大家唱首歌。每当我说不知道唱什么的时候，老师就说，唱《小草》吧。

"没有花香，没有树高，我是一棵无人知道的小草。从不寂寞，从不烦恼，你看我的伙伴遍及天涯海角。春风啊春风你把我吹绿，阳光啊阳光你把我照耀，河流啊山川你哺育了我，大地啊母亲把我紧紧拥抱。"

多少年过去了，这首歌的旋律我一直都记忆犹新。

仿佛，我就是那一棵小草，没有花香，也没有树高，生在土里，吹在风里，但却从不曾阻止我向上的决心。

多少年以后，曾经的土路不再尘土飞扬，曾经的土墙也早已换上了新衣。曾经的土地依旧种植着希望，而曾经淘气的孩子，却早已鼓起希望的翅膀，振翅飞翔。

- 回忆 是乘风而来的落叶 -

回忆,是乘风而来的落叶,经得起飘零,守得住时光。无论时隔多久,那清晰的脉络,都会将往事镌刻成画。

站在光阴如水的岸边,我捻指清欢,静默回味,那些曾经走过的暖心岁月,那些一去不复返的美好时光。

还记得那是自己大概五六岁的时候,别说太小不记事儿,我对很多比五六岁还小一点发生的事情,都有零星的记忆,全都留存在脑海中。

一直以来,我都是和爷爷奶奶生活在一起。一个偌大的院子,承载着我童年成长的点点滴滴。

那时候,爷爷还没有退休,每天都会拎一个公文包,跨上自行车,出去上班。小时候不懂事,因为爷爷在信用社工作,所以就觉得爷爷很有钱。总有人上门,和爷爷聊半天,然后爷爷就会打开那只有他才有钥匙的抽屉,一番点点算算,然后就将一沓钞票递给那人。只见那人就会满脸堆笑地接过钱,揣进兜,满怀谢意地离开。

再到一些时日，家里就会再次坐满了人，这一次，便是来还钱的。就像爷爷当初给他们的时候那样，他们会把曾经拿走的钱全部归还回来，经过爷爷在算盘上噼里啪啦一通点算过后，又将接来的钞票全数锁进那个抽屉。

就这样，我坐在烟雾缭绕的一角，用一双茫然的小眼睛，看着人们的来来往往，直到爷爷退休，这些事情便转移到了父亲那边。

那些年，爷爷家养着几只羊，奶奶养着几只鸡。爷爷不上班的时候，就会换上一套衣服，出去给羊割上一把草。小时候，总是感觉夏天格外的热，我常常看到爷爷满头大汗地骑着自行车从大门进来，爷爷身材修长，身手灵活，自行车后座上驮着那么大一捆青草，还别着一把镰刀，爷爷都能很轻盈地一只脚在自行车脚蹬上，一只脚从车座后面一跨，就下来了。

每到这时候，我就会从屋里跑出来，看看爷爷割回来的草里，有没有什么花是自己喜欢的，赶紧捡了去。我会看到爷爷的脸颊，滑落晶莹的汗珠，在炎炎烈日下，闪耀着刺眼的光。

爷爷是个特别喜欢小动物的人，养的羊，小狗，他都会特别悉心地照顾。羊妈妈生了小羊崽，爷爷就会给它另开小灶。它们每天喝的水，爷爷都不允许落进尘土，一天都要给换好几次。羊圈也都要每天打扫得很干净，夏天有夏天的住所，冬天有冬天的房子，我觉得，做爷爷养的小羊小狗，都很幸福。

奶奶则喜欢养几只鸡，从很小的时候就买回来，一直养啊养啊，直到它们可以下蛋，一养好几年。

那时候，我还没有上学。每天在家没事干儿。不是抱着鸡玩儿，就是站在羊圈里逗羊玩儿。

我记得小时候有一只白母鸡，因为是从小养到大养了好多年，所以它特别皮实。每次只要我一走到它身边，它就会就地卧下，很温顺地让我将它抱走。就因为它格外听话，所以它是我最宝贝的小伙伴。我经常把它单独抱在一边，给它吃，给它喝，给它垒个窝，把它放进去，然后我就那么坐在它身边，摸啊摸啊的。

到了晚上的时候，爷爷会把羊都关进羊圈，就在羊圈的一面墙上，有一个架子，那个架子就像是一座吊桥，从羊圈的窗口一直延伸到对面墙上，与吊桥相连着的，就是横折九十度，依旧是吊在房梁上的一排更宽的架子，那便是鸡的住处。

小时候觉得特别奇怪，怎么鸡那么聪明，可以知道每天晚上的时候，就来到羊圈的窗口，从地面轻轻往上一飞，就上了吊桥，然后一边咯咯叽叽地叫着，一边摇摇晃晃地走过吊桥这一段，上了另一段，就会乖乖地卧下休息。直到后来才知道，那都是在它们长到能飞上窗口那么大的时候，爷爷奶奶连续几天把它们抓过来"教"会的。

小的时候，感觉奶奶是有点严肃的，她每天不是忙着收拾家，洗衣服，就是做饭。奶奶一辈子干净惯了，从不闲着，她总是让我穿得干干净净的，整整齐齐的，什么时候都干净利索。

那时候，爷爷休息在家的时候，我都是缠在爷爷身边让爷爷陪我玩儿的。爷爷总是喜欢穿着整洁的白衬衫，胸前的小兜里，装着一沓零钱。每次爷爷都会顺着家里的炕沿，躺在边上看书，休息。我就会坐在炕沿边上的凳子上，对爷爷各种抠、挠，各种捣乱。

印象中，爷爷脾气很好，尤其对我，怎么淘气都不会很凶，由着我放肆。我经常会把爷爷兜里的钱掏出来，然后耍赖不给爷爷，看爷爷来要，我就总是要少一张两张，让爷爷猜少了多少，然后再让爷爷想办法自己找出来。爷爷每次都会被我逗得呵呵大笑，一玩儿就是好久。最后,爷爷还不忘给我几毛钱,让我买雪糕吃。

我还会把擦家的抹布,趁着爷爷不注意,拴在爷爷后腰的裤鼻上,然后看着爷爷出门的时候,那抹布就像尾巴似的在爷爷身后一甩一甩,自己便乐的笑弯了腰。

小时候我特别怕黑,农村平房大院,一到晚上,每次上厕所的时候,都是爷爷陪着我出去。冬天的时候特别冷,我在院子的墙角下蹲着,爷爷就开着院灯,揣着双手,不停地踱着步子在房檐下等着我。不论我一晚上需要上几次厕所,爷爷都不厌其烦地陪我。哪怕是他刚刚吃了饭,满头大汗,他也会戴上帽子披上衣服陪我上厕所。多少年如一日,别人都会说,开着灯呢有什么好怕的,出去吧,我在窗户上看着你。只有爷爷,他会说:"别怕,咱自己的大院儿有啥怕的,走,爷爷陪你出去。"

爷爷对我,不腻不烦,宠爱有加。我第一次走进校园,是爷爷牵着我的小手,为我去报名的;我人生中第一次用的卫生棉,也是爷爷给买的;在学校受了别人的欺负,爷爷就会很生气的样子,若是下次遇到了,总不忘告诉他,以后不许再欺负我;我上学后多少次零花钱,都是爷爷奶奶给我补贴。不是父母给的不够,是那时候的自己太能花钱,总是亏空。爷爷奶奶知道我从小大手大脚,总是怕我一个人在外面不够用,每次都偷着给我。

所以在多少年以后,爷爷奶奶老了,需要人照顾的时候,擦屎倒尿,擦拭身体,我从来不会有任何嫌弃。恩情所致,无以为报。只是可惜,不知道是我长大的太晚,还是爷爷奶奶老的太快,我总觉得自己还没来得及好好地为他们做些什么,他们就都离开了我。

小的时候,爷爷经常也很忙。爷爷不在家的时候,我就自己玩儿。我会站在羊圈的栅栏外,给羊递进一把一把的草,然后看着它们香甜地吃着。羊有一个特点，就是没事儿的时候，即便嘴里没在吃东西，它也会不停地嚼啊嚼的，然后咕噜一声，停一刻，再接着嚼。看着它们吃得那么香的样子，我就好奇了，心想，那青草，有那么好吃吗？趁着没人注意的时候，我也给自己拽了几根，放进嘴里，学着羊的样子嚼了起来。除了一股草味儿，并无其他。不解的是，我发现自己根本就咽不下去，然后又全部吐出来了，吃的自己满嘴绿沫，用手抹抹嘴，以后便再也不想吃了。

傍晚的时候，鸡都上架睡觉了。奶奶告诉我，鸡到了晚上，眼睛是看不清东西的。我又好奇了。打开羊圈的栅栏，把自己和羊关在一起。拿着一根粗粗的木棍，然后来到鸡架下，发出各种奇怪的叫声，观察鸡的反应。它们猛然间听到了动静，原本蜷缩着的身体，会突然立整起来，伸长脖子，将小脑袋扭左边看看，换右边听听，绿豆大小的小眼睛，睁得圆圆的，一副警惕的样子。每次看到鸡做出这样的反应，我就觉得特别逗。这时候，我就用自己手里的木棍，使劲儿地一下一下地捣着地面，发出"咚咚咚"的响声。这时候，羊也伸长了脖子，鸡也越发躁动不安。它们有的甚至会跌跌撞撞地站起身来，在那开始有点摇晃的架子上，划拉着猫步，然后靠近了另外一只鸡，挨得紧紧地卧下，仿佛在寻找安全感似的。这时候，那只被挤着的鸡，就会很嫌弃地站起来，"咯咯"地叫着往一边挪一挪，几只鸡安逸的休息时光，就这样被我捣乱着。我一个人却像个傻瓜似的，站在几只羊中间，笑得前仰后合，阴阳怪气。惊得架上的鸡，架下的羊，一副茫然与惶恐，我却觉得异常兴奋，好玩儿得不得了。

直到玩儿够了，笑累了，我才会从羊圈里出来。

从小，我就喜欢唱歌，有时候一时兴起，我就会坐在羊圈的窗口上，放声高歌，唱着那些根本就不知道是什么的歌词，美美地觉得那是对几只羊和几只鸡的厚爱。也把它们当作自己最忠实的听众,总是一吼就一个多小时,迎着冷风,闻着羊粪,唱的满心陶醉。

现在想想,那时候的自己,真是太可爱了。

时光飞逝,一切都在顺移。在这个过程中,所有人事都被时光追赶,一路奔跑,一路向前。羊没了,鸡没了,就连我的爷爷奶奶,也都没了。光阴萧索,只为我留下了这些回不去的记忆,抹不尽的相思。

生命,是岁月的拾荒者,捡了今天,丢了昨天,还要奔赴明天,直至凋零。而回忆,是一片乘风而来的落叶。被吹散了很久,飘零了好久,却终究留在你的有生之年。无论何时捡起,你都能通过它清晰的脉络,细数那些曾经的过往,永不淡去。

端午 怀念那凉糕的味道

在过去那些人生岁月中，记忆中每年的每一个传统节日，都是奶奶带给我传统的色彩。比如，腊月初八，奶奶会做腊八粥；冬至，奶奶会包饺子。再比如，端午节，奶奶要做凉糕。

说起凉糕，好像并不是每个人都会做的。别人的凉糕有些什么，我不清楚，也没吃过，我只喜欢奶奶做的凉糕，那是一种家的味道，任何食物都无可取代。

每年端午前夕，奶奶就会备好食材，江米、黄米、葡萄干、红枣。将黄米和江米泡在水中，至少要一天一夜。这样做出来的凉糕，金灿灿的，又软又筋道，口感糯糯的。奶奶会将做好的凉糕，放在一个特别大的圆铁盘子里，晾好了，再像切蛋糕似的，切成一块一块的。每一块上面，都会点上一个小红点儿，看上去，色香味俱全。

儿时的端午节，不止有凉糕，还有五色线。那是奶奶用五种颜色的缝纫线，搓在一起做成的五色线。到了端午节这天，太阳还没升起来，奶奶就会给我的胳膊和脚腕都戴上五色线。那时候年幼，一条五色线就足以心花怒放。后来长大了，不在奶奶身边了，奶奶都会叮嘱我，端午节到了，记得戴点儿五色线。

往年每到这几天，奶奶就会打电话问我，啥时候回来呀？奶奶做了凉糕给你留着。你要早点回来，不然凉糕就放得不好吃了。

如果我说近两天回不去，奶奶就会说，没事儿，忙你的，等你哪天准备回来，提前给奶奶说，奶奶把米泡上，再给你做一次凉糕。

奶奶一双小脚，行动缓慢。大热的天，总是围着锅灶，一顿凉糕，做了一锅又一锅。等到我回去的时候，奶奶已是满头大汗，却依旧满脸堆笑的，将刚出锅的凉糕切一块儿，盛在碗里，稍晾一会儿，放上白糖和糖稀，递给我说，快吃吧，新鲜的好吃。然后，奶奶就那么站在我身边，眼巴巴地看着，不知疲倦地端详着，怯生生地黏着，生怕一眨眼的工夫，我就会消失不见似的。

这些年，一直习惯了奶奶像个孩子般的缠人，不是给这个打电话，问啥时候回去看她，就是给那个说，能不能在家住上几天。可惜，大家都有工作要忙，有生活要奋斗。也许，什么都不缺，就是缺时间。而爷爷奶奶，一生辛劳，功成名就，更是什么都不缺，最缺的，就是子女儿孙的陪伴。

寿则多辱，暗路且长。生命行至黄昏，仿佛所有的兴趣爱好都会像那西斜的太阳，渐然淡去，唯有老来的日子，变得越来越孤独，越来越无趣。最后，唯剩的，就只有无尽的期盼，期盼所有人都能什么都不用干，尽数陪伴在自己身旁，承欢膝下。

许是因为暮色向晚，终归还有太多的眷恋，太多的不舍。所以，人越是老，就越是渴望与孩子们更多的相聚，总是不尽兴，总觉得不够，原来，人老孤独，终将是一场辜负。

是啊，子女与父母，就是一场重复的辜负。儿时，他们盼你健康成长；长大后，又盼你平安幸福。你的圈子越来越广，留给老人的空间却是越来越狭小。而老人，却一如既往，心里满满装的都是你。

然而，时光飞逝，死亡便是终点。一生不停追逐的梦想，是我们想象的美丽画布，而时光流逝，却是一个不停旋转的黑洞。转着转着，就将生命转进了轮回，来不及等待又一场花开。

虽然，奶奶没有倾国的面容，没有满腹诗华，她有的，只是全身心投入到这一生时光的勇气。生火，做饭，奶娃，烧茶，料理家事，打点光阴，便是她一生的交付。兴许，她不曾听说过罗密欧与朱丽叶的故事，也不曾离开家乡，领略异地美景。她最大的幸福，就是守护儿女，守护这个家。无论时隔多久，都等待着子女的归来，给大家一个完好如昨的归宿。

又是一年端午节，而今年，却已经是我第二年没再吃到奶奶的凉糕了。

想念，可以让过往的画面形成心间的影像，我依循记忆的指引，听从味觉的召唤，学着奶奶的样子，给自己做了份凉糕出来。虽然，比奶奶的差了点，但我仿佛间产生了穿越时空的错觉。恍惚间，奶奶还在，爷爷也在。我们一起，在那个写满我成长的大院中谈笑，在那间见证我成长的大屋子里，吃凉糕，因为，端午节又到了。

- 无尽的思念 -

无意中,在整理电脑的时候,翻出来一些爷爷和家人在一起吃饭的照片。这些照片都是我拍的,家人都没有。所以,我忍不住,粘贴,复制,发送到了家人群里。

午夜时分,大伯发来一句话:"无尽的思念……"

我看了一下时间,已是午夜零点。大伯还没睡,他一定是认真仔细地将爷爷的照片看了又看,心底涌现出无尽的回忆,无尽的心痛,所以,才会在这个时间点发来这样一句话。

看到大伯这句话的时候,我的心瞬间像有万箭穿心而过。我立刻关闭了微信界面,不敢再多看一眼。我害怕夜太寂,悲伤漫过夜色苍茫,将我包围。我也害怕夜无眠,过往推开虚掩的心门,让我深陷。

可事实,就在我慌乱一瞥的那一刻,思念的洪流,就已经冲破了我死命拦截的堤坝,汹涌而泻。

静夜一片漆黑,我在形同深渊的心情下,将身体紧紧蜷缩成一团。

只感觉,内心一阵阵的刺痛,让我直想抱着枕头,大哭一场。

不知道为什么,爷爷的离去,让我,以及家人格外的痛彻心扉,它成为我始终过不去的坎儿。

我想起爷爷在病床上多次拽着我的手,含糊不清地对我说:"给爷爷拿点儿吃的,给个馒头,喝碗粥也行;柜子里有饼干,可好吃了,拿出来咱们一起吃;给爷爷泡壶茶,爷爷每天中午睡起来都得喝一会儿;给爷爷烩点菜吃,记得放上豆腐,粉条……"

我想起爷爷过世后,从医院拿到爷爷的病例,翻看上面的记录,印象最深刻的就是:"入院状态:水食未进;病程中多次标注:禁食禁水;直到最后,便是:呼吸微弱,呼之不应,没有心跳和脉搏……"

我曾无数次地想象着爷爷当天发病时的情景:一个人,惆怅地看了看时间,又到了不会做饭却必须要吃饭的时间。他走在院子中,脑子里还想着怎么做熟这顿饭的时候,突然就感觉身体不听使唤,摔倒在地。当时,他着急,害怕,无助,拼命地在地上挣扎,弄得自己满身是土,一身狼狈,却怎么都起不来。我猜想,爷爷一定吓坏了,于是,他用已经僵硬的口齿,拼命地呼喊着邻居的名字,直到有人应声而来,将他抬回家。

时至今日,我怎么都不敢相信,那样精神,体面,爱干净,注意形象,会看书,会写字,能说能笑,能懂乾坤八卦的爷爷,他就这样永远地离开了我们。

我总觉得,爷爷的离去,让我们每一个人都无比歉疚,总觉得是没有照顾好爷爷。因为,奶奶才离去不久,大家似乎都还没来得及彻底走出悲伤,没有来得及完全回过神来。就在大家才意识到要好好地心疼一下这唯剩的一个老人时,爷爷就突发重症,一病不起。

我常常想,父母家人都有工作,大部分时间白天都难以脱身,而我，是唯一一个有大把时间的闲人。如果我把爷爷接在自己身边，爷爷会不会就没有这么快发病离开？可我又想，倘若爷爷是和我在一起发病的，那我是不是依旧会觉得是自己照顾的不够好，导致了爷爷的发病，然后一辈子都无法摆脱罪恶感？

不管怎么样，爷爷一辈子辛劳，养育了一大家的人，临近命终，却是鳏寡孤独，连顿饱饭都没有吃上。

我曾听姑姑告诉我，就在爷爷临终的前几个小时，爷爷曾多次说："快点快点，给我用最好的药，快点儿，我要吃最好的药。"

爷爷虽半身失去知觉，但意识一直算清醒。他什么都知道，其实这才是最残忍的。我难以想象，爷爷当时说出这些话的时候，内心是一种怎样的感受？大家都着急地忙着急救措施，想必没有一个人有空坐在爷爷身边，握着他的手，给他一份安抚与温暖。

每每想起爷爷，我的内心都无比的酸楚无比的痛。如果这世上真有神话，真有奇迹，我一定不惜一切代价，让他好起来。哪怕多一天，一刻，一分钟，我都想好好地抱抱爷爷，紧紧握着他的手，告诉他，不要害怕，我们都很爱你。

我有罪，等我匆忙从外地赶回来的时候，爷爷已经全身冰凉，在重症监护室穿好了衣服。我一直觉得，在这件事情上，我有罪。这是注定，也是惩罚。我相信上天刻意安排了这样的结局给我，来世，必定会以另一种方式成全我和爷爷的缘分。

我想爷爷，我曾无数次梦到爷爷，给他买吃的，买衣服，给他做饭，收拾房间，一如曾经爷爷还在那般，和爷爷一起聊天，逗乐。我很骄傲，我是爷爷奶奶抚养长大的孩子，我有这样两位慈爱的老人；我很荣幸，作为孙女，能得爷爷的心，听他与我说出他很多的心里话。我也很难过，在爷爷奶奶身体还好的时候，自己没有足够的能力为他们做些什么,在我才开始有了这份能力的时候,两个人却相继离开,匆匆忙忙,一切都来不及了。我更悲痛,我失去了两个从小对我宠爱有加的至亲之人,那种感觉,就像是一场无法醒来的梦魇,只觉得我还是那个我,为什么我会失去与我生命捆绑了这么多年的人?那份苍凉,那份慌乱,那份无法接受的空落,像是一份毒蛊,深深地将我啃噬。

我曾一个人回到那个从小长大的村庄,站在挂着铜锁的大门外,落泪如雨;我趴在岁月风化的木制大门上,透过门缝望着院中的屋,屋上的窗,我仿佛看到了奶奶依旧坐在她习惯坐着的位置,望向我;爷爷正大步流星地推开屋门,走向我。

我一下一下地拍打着大门,一声一声地呼喊着爷爷,我回来看你了,给我开开门啊,爷爷,你给我开开门……

那一刻,我希望爷爷真的能听得到,哪怕只是一丝幻影,他可以出现在我眼前,将我抱在怀中,让我再感受一次那份隔辈的厚爱与温暖。

当我再次途经爷爷住过的那栋大楼,看到门口有相同病患的老人坐着轮椅被推出来的时候,我的四肢瞬间无力,想要瘫倒在地。内心有一个强烈的冲动撞击我的神经,我想要箭一般地冲进那栋楼,走进那个病房,看一看我那一直对生活充满美好渴望的爷爷,他会不会依旧躺在那里,等我去看他。

爷爷没了,再也没有了。他就像划过天际的流星,用尽一生的星辉,点燃了我们的生命之火,自己却永远地陨落了。从此,星空浩茫,我们却再也无法触及他的温暖。

出殡那天,大雪纷飞,冰冻三尺,多少悲痛的泪水,化作雪花的晶莹,漫天飞舞,最后落入泥土,化成这一生一世,无尽的思念……

－ 来世有缘 不离不弃 －

第一次清楚地知道她的模样，是在三年前。她通过我曾在村子里的小学同学，加上了我的微信，然后发来了我小时候和她的合影，告诉我，她是我多年不曾交集的妈妈。

我还没有反应过来，紧接着，就是一大段一大段的文字消息，字字有泪，句句有痛，直到我在不知不觉中泪流满面，情绪失控。

我不想听任何解释，也不想追究关于当年任何一个细节的是非对错，更不想去分辨这些年听到的关于当年所有事情的谁真谁假。我只知道，在我还是个嗷嗷待哺的婴孩之时；在我生命最需要妈妈的时候；在我很小很小没有了妈妈就可能活不下去的时候，你离开了我，你没有要我。

现在，我长大了，在爷爷奶奶爸爸甚至姑姑大伯他们所有人的共同关怀与照顾下，长大了。而你，却出现了，并告诉我你是我的妈妈，请问，凭什么？

难道就凭你十月怀胎生了我一场，然后就再没有顾及我的死活，你就可以成为我的妈妈吗？

不，在我心里，养育恩从来都是大于生育恩的。

你知不知道，在过去的这些年里，我有多少次对自己说，早知道会是这样的结局，我宁愿你从来没有生过我？

你知不知道在过去的这些年，每每想起你，我的心中有多恨？

你知道当我还是个孩子的时候，听到别人叫我"没娘的孩子"的时候，我的心里有多受伤？

是的，你生了我。

所以，当我也成为一位母亲之后，我便不再恨你，这是我对你最大的原谅，却并不代表我可以接受你。

三年来，你曾无数次地提出要和我见一面，就见一面。但我却始终都没有答应。

见如何，不见又如何？

在这近三十年的人生旅程中，我走过的每一天，是好是坏，都与你没有半分交集。以前没有，以后我也不准备有。

你说，你原以为，在我长大成人之后，尤其是也成为一位母亲之后，我就会谅解你所有的苦衷与不易，没想到，我至今依然决绝。

是的，我决绝。

可是我的决绝不过是不能如你所愿，让你空守一场期待而已，可你当年的决绝呢？那可是差点置我于死地的不管不顾啊。你有没有想过，当年若不是已年过五十的爷爷奶奶将我收留，含辛茹苦地将我养大，那么今天，你可能连个心存期待的机会都不会有。

你说，你想要有我的电话号码。

我告诉你，微信就够了。

你可以看到我发的每一条动态，甚至我现在的每一张自拍照。

电话,实在不必!经过这么多年过去,想到你,我都不知道要说什么。

你说,你想要一个我的地址,寄些东西给我,这么多年了,你无时无刻不在思念着我,想要表达一下一个做母亲的心。

我说,不需要。

该有的我都有,那些没有的,我从来都不稀罕。

不要说我冷漠无情,也不要说我铁石心肠。

其实,我也难过。

可是,那又怎么样呢?

如果此生,你于我已是辜负;请不要让我再去为了你,辜负其他爱我的人了吧。这么多年风风雨雨,我都在家人的照顾与陪伴下坚强走过,你早已是我心底结痂的伤口,我不知道花费了多少时间来说服自己,才不那么伤心,不那么愤恨,不那么心有戚戚。

我所有的坚强,都用来掩饰着我内心的脆弱;我所有的阳光,都用来温热我心中的忧伤;我所有的努力,都只是想要证明,那个曾经没有妈妈的孩子,现在,她过得很好。

都说母爱是伟大的,可是你知道我花了多少年的时间才对它有了与常人一样的正解。

我曾经一度不仅仅质疑这句话,甚至根本就不相信这句话。直到自己也成为一位母亲,我才知道,它是如何的入心入骨,如何的温暖伟大。

可惜,我这辈子都不曾感知。

希望你不要再挂念着我了,因为实在是太晚了。不要再和我说那诸多的已经毫无意义的话了,过程怎么样我根本不在乎,我也没办法去在乎,我在乎的只是结果,就是你当初不要我。

现在,你的眼泪可以流给我看,可你是否曾想过,当年那幼小的我又流出了多少眼泪，有过多少心酸。

每每想到这些，我就抬起头，看着天空。我不想恨，也不想怨，我只想平静地过属于自己的生活。

当眼泪滑过脸庞，流进心底，我强忍着那满心的刺痛，只想轻轻地对你说一句："对不起。"

倘若，百年之时，我定会奔赴你的身边，完成你此生心愿；倘若，来生有缘，再让我们随缘交集，不离不弃……

- 孝敬父母 是最大的行善 -

在这个世界上,什么事情都可以等待,只有孝顺是不能等待的。时间如流水,年少的时候,我们总是在忙学习,忙作业,忙社交。想起要对父母做些什么的时候,不是力不从心,就是父母心疼,不舍得。等到成年了,我们成家立业了,又要忙工作,忙家庭,忙应酬。

一直都想着,等有能力的时候,要为老人做些什么,可是日复一日,年龄长了,钱包鼓了,该有的都有了,却唯独没了时间。

就像王铮亮唱的那首歌,时间都去哪儿了?

也许,是真的没时间;又也许,是不够用心地去挤出时间。

当你没时间去锻炼身体,你就总会有时间去生病看医;当你没时间去陪伴老人,将来也总会有时间让你后悔歉疚。这就是人生,这就是缺憾。

直到有一天,突然发现一直都觉得还很年轻态的老人,苍颜华发,步履蹒跚之时,你才意识到,原来父母早已在自己的不知不觉中老去;也许,一切还来得及,又也许,一切都已为时晚矣。当父母已经开始吃不动也穿不了的时候，这世间一切的美好，就已经开始渐行渐远渐致分离，直到有一天，老人不舍离世，便是那句"子欲养而亲不待"。

其实，很多时候，不是欲养不待，而是待的时候，没有意识到何谓"养"。

张爱玲曾说"出名要趁早"，我却认为，孝敬父母才更要趁早。趁父母还健在的时候，多为父母做点事，用自己的实际行动来表达对他们的爱和感激，而不是将这种爱深埋在心底，错失感恩的机会，而成为一生的痛憾。

我的亲身经历告诉我，当老人老了，那就像个孩子，吃喝拉撒洗，都需要我们像照顾自己的孩子那般地细心关照，且不厌不烦。

《论语》中有一句话，叫作"父母唯其疾之忧"，意思就是说，父母最担忧的就是子女生病。这一点，为人父母的应该深有体会。如果你能真正体会到孩子生病时作为父母的那种担心、慌乱的心情，你就不难理解何谓"养儿方知父母恩"。

或许，我们都知道，不孝有三，无后为大。古人还说，孝有三，又有谁能熟知呢？

"大尊尊亲，其次弗辱，其下能养"就是说孝敬父母有三个层次：大孝是使父母受天下人的尊敬，其次是不让自己的言行使父母受辱，最基本的是尽自己的力量赡养父母。

许多人认为，对父母尽孝就是只要今后多赚些钱给父母就行了。其实不然，父母的养育之恩并不是给钱就能报答得了的，能奉养父母只是孝行里面最下层的一种。父母在我们的成长过程中不仅投入了大量金钱，更投入深厚的情感。所以，我们在孝顺父母时应该多给他们一些情感的交流和为长的尊重，而不仅仅是金钱。感情的债还是要用感情来偿还的,这世上有太多的东西是高于金钱的。任何一种感情的真心付出,都是金钱无法换取的,何况对待父母。

孝敬父母,应该从内心尊敬他们。随着我们年龄的增大,父母的脸庞也从年轻变得衰老,头发从乌丝变成白发,动作从迅捷变为缓慢。回想儿时,当我们咿呀学语、跌撞学步、懵懂明事的时候,父母总是关切地叮咛,不厌其烦地嘱咐。长大以后才知道,那些当时听腻了的唠叨,却是父母对子女绵长的挂念和关怀。而现在父母老了,我们是否能够像他们当初照顾我们那般耐心入微地照顾好他们呢?

其实,父母对我们的要求真的不多,也许一句随意的问候,一个简短的电话,一顿再普通不过的晚餐,一件或许并不那么合身的衣服,对于他们来说,都是内心的欣慰。趁老人还在,常回家看看,多回去陪陪,睡前帮他们盖盖被子,天冷帮他们添件衣服,倾听他们的唠叨,顺从他们的笨拙,不嫌弃,不埋怨……

如此,就是对最老人温暖的回报。

将来有一天,老人离去,回想往日,你没有遗憾,没有歉疚,没有痛悔,那便是孝顺赐予你人生最大的厚礼。

世间最难报的就是父母恩,无父何怙,无母何恃?老人乃是家中宝,不论是自己的父母,还是父母的父母,趁着还有机会,今日多些付出,他日就能少些遗憾。

孝顺父母天降福,但愿我们都能以反哺之心,侍奉父母,以感恩之心,孝顺父母!

－ 读懂父亲的期待 －

"母亲节"那天,全国各大影院都在上映一部印度电影《摔跤吧!爸爸》。两天后,我因着影评的不凡,在影院观看了这部电影。过程中,剧情的演绎让我几度潸然泪下,结束后,内心更是久久不能平静,感慨万千。

据了解,这是一部根据真人真事为素材拍摄的电影,讲述了曾经的摔跤冠军辛格培育两个女儿成为摔跤冠军的故事。

(一)父爱总是深沉厚重的,是看似无情却最深远的

阿米尔·汗饰演的辛格一家,生活在一个闭塞的村庄,自己曾是摔跤冠军,却直到退役,都与梦想的世界冠军无缘。于是,他把自己的期许倾注在了孩子的身上,却不想妻子连生几胎都是女孩儿。本来,已经在失望中决定放弃梦想的辛格,却在女儿与别人的一次打架中,发现了女儿摔跤的天分。在那样一个贫穷的村落,从来没有过学

摔跤的女孩，两个女儿吉塔和巴比塔却被灌注了辛格的冠军梦想，她们忍受着极其严苛的训练和他人的嘲讽。

影片中的父亲辛格，在决定让两个女儿成为摔跤手的训练过程中，看似冷酷无情，但最终所有人都要承认，他把自己的女儿培养成了顶级的摔跤手，在这个意义上，他非常成功。当两个女儿在无法承受训练带来的艰辛表现出反抗时，父亲辛格竟然不顾女儿的苦苦哀求，剪掉了她们引以为傲的长发。但事实证明，父亲辛格是对的。人的精力总是有限的，你顾得了这个，必定顾不得那个，想要做成一件事，必然要付出不一样的努力，做出不一样的牺牲，挥洒不一样的汗水。何况，现在想成为的是世界冠军，所有摔跤手的翘楚，又怎能不从严行事。

现实生活中，年轻的我们，也曾遇到过这样的时候，上学期间，迷恋打游戏，父母就会严厉制止，克扣零花钱，拔掉网线，每当这个时候，我们就会做出更大的反抗，以一些叛逆的言行，强调着人格独立的权威。却不懂在有限的时间，它只能成就你诸多愿望的其中之一。现在你把所有的时间用来玩乐，将来你就会用更多的时间来仰望别人。

所谓："凡百事之成必在敬之，其败，也必在慢之。"习惯无大小，星星之火，可以燎原。今天的细节，就是明天的状态，想要成事者，怎可随意借口懈怠？

尽管，辛格既严苛又疯狂的训练方式，以及强制要求女儿完成自己未竟事业的做法，可能会让很多人觉得并不是完全赞同，但我却觉得，或许，从人性上讲，父亲以自己的意志行事，不可取。但是，从另一方面来说，特殊的社会环境，女性的社会地位，使得父亲必须根据孩子的天赋来为她们谋划未来。以及，最最关键的一点，父亲其实做到了因材施教，毕竟他看出来了女儿们摔跤的天赋，并不是无来由地瞎折腾。

甚至可以这么说，父亲其实是难得的伯乐，因为他真的知道，自己的孩子就是摔跤的材料，不培养是浪费人才。虽说很苦很累，但是总比孩子一生碌碌无为、浑浑噩噩要好许多。

(二) 父亲一生教导与护佑，只是希望有一天，你真的能够超越他

影片中，当父亲辛格在艰苦的条件下，将吉塔推上了国家冠军的领奖台后，吉塔便获得了进入国家体育学院进行所谓正规化训练的机会。可以看得出，当吉塔向父亲说出，自己想要去国家体育学院接受专业训练时，父亲是有一种失落的。他把女儿送去学校后，主教练的傲慢无礼，更是让一个满心期待的父亲，感到无奈。

主教练的新方法和宽松的学院生活让吉塔发生了很多变化，她不仅认为父亲的训练方法不够专业，过时了，甚至还留起了长发，染上了指甲，开始将一部分的精力放在了穿衣打扮上。就连回家后，对父亲都是一副蔑视的态度，还和父亲发生意见冲突，两父女摔了一场，结果，居然把父亲打败了。看到这一段的时候，我的心是刺痛的。我看到父亲因为年纪的原因，面对从小由自己教导训练出来的女儿，如今对自己一副不屑的态度，想要再次证明自己时，却因年纪的客观原因，而心有余力不足的失落与无奈。而此后的吉塔，却是更加自傲，她丝毫不认为那是父亲年事已高，身体发福，体力衰退的原因，只觉得是爸爸技不如她。

生活中的我们，在父母一路的守护下，长大成人，他们用自己的青春，换取了孩子们的未来。当我们走出家门，接触了更多新鲜

的事物，收获了更多阅历以后，就开始觉得自己越来越了不得了。开始嫌弃父母落后、唠叨、笨拙、缓慢，哪儿哪儿都觉得不配再对自己指手画脚了。却不懂得父母一生的交付，就是希望自己的子女能够比自己更强，更好。古人言："天下有不是的子女，无不是的父母。"即便父母确有不对之处，也请给他一份尊重。毕竟，没有他们曾经哪怕落后的教导，又何来今日的你。

吉塔征战国际赛事，却连连受挫，离印度选手获得世界冠军的目标渐行渐远。既意外，又设立逻辑：究其主要原因，是主教练漠视她父亲的建议，训练方法保守，不因材施教，且心胸狭窄。直到后来，吉塔悔过，转而求助于父亲。电话中，吉塔那一句："爸爸，对不起！"再次牵动了人心最柔软的部分。电话另一端的父亲，满眼热泪，终究，还是原谅了女儿之前的种种。并且，吉塔重又剪掉了长发，换下了女装，以表明自己重新再来的决心。而父亲，更是不辞辛劳，想尽办法，私下给予女儿关键的指导和激励，终究，令吉塔战绩回升。

（三）成为你的骄傲，是作为子女最大的孝道

古人说，孝敬父母，有三个层次，其大孝，就是努力使自己的父母受到他人的尊重。父母年轻的时候，是为子女遮风挡雨的伞，是我们的骄傲。可当父母年老的时候，我们能不能过得更好，出人头地，成为父母在人前的骄傲？

辛格把自己的愿望寄托在孩子身上并没有错，因为孩子有这个天赋、条件。其次，为国争光就是需要一代又一代人不断地接力下去。

在吉塔迎战世界冠军的赛场上，辛格被主教练安排的人，锁在

了库房里。那时候,父亲的焦灼、担心、着急,还有他满心的期许,都在父亲的眼神中尽然流露。直到隐约听到了国歌的响起,父亲终于露出了含着热泪的笑容。

多少年来,父亲在家庭的贫困,条件的艰苦下,不辞辛劳地训练自己的女儿成为摔跤手,曾被误解,曾被否定,也曾伤心难过。然而,不论经历了怎样的过程,结果是圆满的,他成功了。在父亲背负着质疑嘲笑依旧矢志不渝的指导下,吉塔也成功了。那一刻,吉塔实现的,又何止是父亲的梦想,也是自己的梦想。

最后,她终于等到那句话:"你是我的骄傲。"

(四)学会读懂父亲的期待

看完这场电影,我在心中的第一句话就是,要学会读懂父亲的期待。

这部电影,不同的人,从不同的角度,能得到不同的感悟。无论是从家庭教育,还是从对待父母的态度,都极具深意。

人生,就是一场摔跤比赛,你不在泥泞中挥洒汗水,不在艰难中付出艰辛,又怎么能站在最高的领奖台上?

我也曾年轻,也曾年少轻狂,青春叛逆。面对父亲的要求、叮嘱,不是顶撞,就是反抗。后来随着年龄渐长,渐渐懂得,父亲的爱,是那样的深沉而高远。如果母爱是甘霖滋养,那么父爱就是山长水阔。少不更事的时候,最是父亲的循循善诱,引导我们走上人生的征途。一路成长,那些随性而生的枝枝叶叶,如果不被及时砍掉,你又如何能长成参天大树?是的,父亲终会老去,之前,走在我们前面为我们带路,之后,便追在身后用目光追随。可无论他行至怎样的暮色,他都比你看得远,望得高。他都只是希望你能更好。所谓骄傲,就是你能过得比他好,站得比他更高。

但,倘若真的有这么一天,回首,不要嫌弃他不及你的高度。因为曾经,就是这样的一个人,扶持了你一路的精彩与辉煌。

用心感知父亲的期许,用爱回应父亲的付出,用理解接受父亲的"干涉",用拼搏,成为父亲的骄傲,亦是自己的美好人生。

- 回家过年 -

岁月辗转成歌,时光流逝如水,当我们还来不及感叹时间都去哪儿了的时候,一年的光阴已然从指尖滑过,空留了一些走过的痕迹,深深浅浅地留印在那来时的路上。

这一年,也许你学业有成,远赴海外深造;又也许,你身居要职,有着忙不完的工作;还也许,你成家在外,享受着而立之年的收获与喜悦。

这一年,你或者成功,或者失败。一年在外的苦苦打拼,或许得意,或许失意。可不论是怎样的一年,航行在时间的海洋中,它都以它完美的姿态,谢幕收场,并为我们扬起新年的风帆。

一年的结束,是为了又一年的开始,在这辞旧迎新之际,你是否可以暂且不计收获多少,不计成果如何,忙碌了一年,无论有钱没钱,回家过年。

站在车水马龙的喧闹都市,看久了纵横交错的柏油路,你是否也会想念那条通往家乡的蜿蜒小径?为了应酬,觥筹交错于各个酒店餐厅,你是否也会想起家中妈妈的味道?忙着陪领导,陪客户,你是否已不记得,自己有多长时间没有陪过家中年迈的父母。

是啊,父母老了,他们再不是儿时的大树,可以为我们遮风挡雨。他们仿佛是从旧时代穿越而来的,有着质朴的生活习惯,勤俭节约的生活理念。可无论老人平时是多么舍不得吃舍不得穿,在过年之际,都会尽其之有,张罗那一桌饭菜,然后眼巴巴地瞅着村口,等着他们打拼在外的儿女,能够回家一起吃个团圆饭。

你买了什么给老人,他们不在乎,他们在乎的是心心念念的儿女,能够平安健康。不论这一年,在外的你有多么不容易,妈妈的一双手,足可以温暖你心中所有辛酸。你赚了多少钱,也不重要,重要的是,当你一身疲惫,风尘仆仆地回到家时,你看到两鬓斑白的父母双亲,蹒跚着脚步,颤抖着双手,却洋溢着满脸的幸福,给你端上了你从小就最爱吃的饭菜时,那一刻,忍不住泪水盈眶,读懂的,又何止是幸福一词。

岁月,是一个无情的刽子手。虽然它让我们逐渐长大,却也让父母逐渐衰老。当父母因为年迈而渴望我们在身边,一如儿时他们呵护我们一样照顾他们的时候,我们却为了自己的生活而常年奔波在外。那种感觉,就像年迈的父母蹒跚地站在小路的那一端,看着我们逐渐消失在小路转弯的地方,不舍地目送着,凝望着。而我们却用无声的背影告诉他们:不必追!

或许,我们不是没有感知父母的需要,父母的不舍,与父母的渴望。只是漫漫人生路,我们亦是需要踏上属于我们的征途。当我们转身离去的那一刻,父母看到的只是离去的背影,却没有看到作为子女,心存的那份牵念与不舍。

回首往事,点点滴滴都可以唤起内心的温暖。父母对我们的爱,总是那般厚重，那般无私。仿佛他们一生的交付，只是为了陪伴我们的成长，做一个守护者。

曾几何时，我们总是讨厌父母的唠叨，不耐烦他们的碎碎念。那般的不理解，总是让我们和父母之间产生隔阂。直到我们在一意孤行中经历失败后，才知道父母讲的都是为了我们好。曾几何时，翅膀还未硬朗的我们，却总是想要摆脱父母的羽翼，独自飞翔。直到有一天被大浪风沙击伤过后，才知道原来父母的怀抱，才是这世上最温暖的港湾。

我想，世间最大的恩情，莫过于父母的养育之恩。值得我们用生命去珍爱，用至诚的心去感激，用切实的行动去回报。也许经济物质也是必不可少，可父母逐渐年老，他们更多的是精神上与情感上的需要。就算是远渡重洋、留学海外，也应该时刻记得那远在家乡日渐年迈的父母。

"羊有跪乳之情，鸦有反哺之义"。而人，也应有尽孝之念，莫要等到"欲尽孝而亲不在"的时候，终是留下一生的遗憾。

平时，常给家里打个电话，常回家看看。回去后，不要总是忙于同学见面，朋友聚会。多留点时间给盼儿已久的父母。哪怕只是为父母做一顿饭，给他们洗一次脚。带着他们做个全面的身体检查，就像陈红那首"常回家看看"所唱，"老人不图儿女为家作多大贡献，一辈子不容易就图个团团圆圆"。

老人一生辛劳，爱儿心切。随着年龄的增长，他们会越来越像个孩子，不要看着老人身体还硬朗，就觉得他可以等你有时间，不想说无常，却最是无常。趁着老人还健康，趁着老人还能享受，更或者说，趁着老人还在，不妨，多一点时间，腾出来，陪陪他们。

一顿饭一个团圆年。他们想要的，根本就没有我们所想的那般复杂。什么金钱,什么礼物,陪伴,就是最好的礼物。

春节将至,安排好你的工作,订好你的机票车票,不要说你没有时间,这世上只有老人是等不起你有时间的;也不要说你有钱没钱,在那遥远的老家,那双盼儿已久的老人,他们要的,只是你的回家过年。

– 对待孩子 切莫知爱而不知教 –

一直觉得，教育孩子，是一门大学问。然而，这项大学问的门槛儿却是最低的。不论年龄，不论文凭，无所谓阅历，谁都可以成为父母，谁都要接手这项任务。这就导致了不同的素质，不同的观念，不同的方式方法，不同的言行举止，造就了不同性格与不同思想的孩子。

由于之前的计划生育，导致很多家庭就一个孩子，含在嘴里怕化了，捧在手上怕摔了。于是，这个社会上，越来越多的问题少年，今天离家出走了，明天跳楼轻生了。不是叛逆成性，就是不懂父母辛劳。

在教育孩子方面，我一直都有自己的想法。一则，因为自己成家早，有孩子的时候，自己还是个没长大的孩子，对孩子没有大部分妈妈那份耐心去宠溺；另一方面，我觉得，作为妈妈，爱她，就应该教会她独立、坚强。因为我不可能陪她一辈子，什么都需要依靠别人，将来走上社会，要去依靠谁？今天，她在你身边，你不把她教育好,将来就会有人替你磨砺她。与其让别人冷漠相待,不如自己狠心锻炼,至少,在父母身边,再狠心,也是有温度的。

(一)狠心的爱,让孩子学会成长

父母能给孩子许多爱,但父母却不能代替孩子成长。每个孩子都是生命的个体,你可以对她的安全进行有效监护,可控在控,但你不能操控她的生命与成长。每个父母都疼爱自己的孩子,但这份爱是要有质量的。有的爱就像清水一样,润过孩子干渴的喉咙之后就无影无踪了;而有的爱则好像浓浓的鲜血,注入孩子们的身心,一生都将在孩子的身上流动,给予孩子们生命的力量。

曾经,我在一本书上,看到过这样一个故事:一只母狮子教小狮子捕猎。母狮子对两只小狮子说:"孩子们,现在我要教你们捕猎。好了,辛巴、高福,现在就开始去追兔子吧!"它话音刚落,两只小狮子就开始奔跑起来。突然,稍大的一只因为跑得太快摔倒了。母狮子心疼地对它说:"孩子,你以后就不用捕猎了。"每天,母狮子都带老二去捕猎,让老二吃饱了之后就把剩下的肉给老大吃,老大从此过上了快乐的生活。日复一日,年复一年,老大和老二都长大了,母狮子在几年后的某一天病死了,老大和老二只好出去捕猎。追着追着,它们俩走散了。老大想找食物吃,可是它什么也不会。过了三天,老大倒下了。它对世界说的最后一句话是:"妈妈,我恨你!"

生活中,我常常看到,妈妈端着饭碗,拿着小勺,追着半大的孩子身后不停地喂饭。孩子手里拿着玩具,若无其事地玩儿着,跑着,吃一口,玩儿一会儿,追上来再喂一口,又转身跑了。

我从来没有追着孩子喂过饭,原因很简单,到了吃饭的时候,大家就应该坐在一个餐桌前认真用餐。一个碗，一个勺，一定要自己吃。吃完了，该干吗干吗去，这是一种习惯，也是一种素质的培养。就是要让他从小就知道，干什么事情都要有干什么事情的样子，吃饭就是吃饭，不吃你就得饿着。就是因为每次饿的时候随时都有饭吃，所以孩子在吃饭的时候就会觉得无所谓，乐意吃就吃，不乐意吃就不吃。别看孩子小小一个人儿，心里清楚得很。你惯他，他就知道，只要我说饿，随时都有饭吃，有恃无恐，这绝对不只是一种现象，更是一种心理。

曾经就因为孩子在餐桌前不好好吃饭，我就明确告诉她，不吃饭就别和我说饿，不到下一餐时，绝对不可能给你吃东西。她不信，那好，咱就试试。于是，饭后她跟我喊饿，我就硬是不给吃。随便哭，随便闹，我就对她说："妈妈是不是告诉你，该吃饭的时候就要好好吃饭，不吃饿了就没饭吃？每个人都要学会为自己的言行负责，何况，你明明是预知了后果的，既然毫无畏惧，那就自己承担。"

那一次，她是真饿了，哭到最后，都躺在床上了，看上去一副无精打采的样子。我也心疼，但我必须以这一次为戒，让她明白，以后无论是在家里还是在幼儿园，到了吃饭的时候，就得好好吃，不然就得挨饿。不感受一下饿的滋味，又怎么会知道饭菜的香甜？

总是理所应当地认为，所有的事情都有父母在，饿了是这样，渴了还是这样。不用考虑后果，孩子就永远不会敬畏生命。什么都替她承担了，她从哪里建立承受能力。

嗓子难受的晚上，放在床头的一壶水喝完了，躺在床上各种想引起我注意的小动作。我问她要干什么？她一副埋怨的态度说："水壶里的水都喝没了。"

于是，我就生气了。我放下手中的书，坐起身来质问她："什么意思？水喝完了不会自己去接吗？妈妈给你打了一壶水，你要懂得感谢妈妈，因为以你现在的年龄，去饮水机上接壶水已经是力所能及的事情了。所以你现在完全可以自己去接水而不是在这里埋怨。"

听完这些话，女儿自己拿着水壶去饮水机接了水回来，然后还要拿起我的水杯，接一杯水递在我手上。

尽管都是小事，但对于孩子纯真的塑性期来说，生活琐碎无小事。任何一件事都会带给她不一样的认识和思考。自己能做的事情不自己做，将来永远都学不会照顾自己，更别指望她会心疼他人。

（二）惯子不孝，肥田收瘪稻

在我看来，正是由于现在的生活条件普遍不错，孩子从一生下来就是各种优厚待遇，所以，对孩子进行一定的挫折教育，就显得尤为重要。

但我必须要说明的是，所谓挫折教育，不是说把孩子扔出去什么都不管，任其自生自灭。安全监护，这是永远都不可缺少的必要程序。所有的学习与成长，都要在保证其安全的前提下进行。

现在的孩子，由于从小就受到太多的溺爱，有些孩子从不动脑筋，从吃穿用到上什么学校、报考什么专业、选择什么工作都有家长的格外关照。遇到不顺心的事、受一点点挫折时，他们就眼泪汪汪，满脸委屈，表现出"草莓族"外表鲜美、不禁挤压的特征。

当孩子在学校受了委屈的时候，帮他调整处理，那是应该的，但不能当着孩子的面儿去做。要让孩子知道，无论遇到什么事情，自己都要有面对的勇气和想办法处理的能力。当然，前提是父母要给予正确的引导。绝对不能一时意气用事，听到孩子受了别人家孩子的气，就说，放心吧，爸爸妈妈帮你处理，敢欺负我家的宝贝，看我不收拾他。要用正确的教育，引导孩子正确地认知外界，让他知道，不是所有人都能像父母一样对待他。有挫折，有委屈，这也是生活的一部分。

再有就是，对于孩子的需求，适当满足，不要超前满足，超量满足。太容易得来的东西，没有人会去珍惜。别说是孩子，就是成年人的你我，都是一样的。

每次放学走到幼儿园校门口的时候，都会看到很多小商贩，摆弄着各种孩子的玩具。我也常常看到有很多家长，停留在各个摊位前，按照孩子的指手画脚，买下各种孩子所要。也常常有孩子因为家长的不满足，站在道路中间大哭大闹，甚至坐在地上耍赖。最后，家长只好乖乖就范，要哪个，就给买了哪个。我相信，这样的孩子，在以后的生活中，都会惯用此伎俩。甚至长大后，只要父母有什么不如愿，就会苦苦相逼，甚至以死相威胁。不达目的绝不肯善罢甘休。这就是一件小事成就的孩子心理。

作为我来讲，就很少给女儿买这些。即便是特别想要，女儿也会这样和我说："妈妈，你都好久没有给我买过我喜欢的东西了，这个发卡正好也是我需要的，能不能给我买一个，要是不能就算了。"这种情况下，可能我会考虑给女儿买一个。不是因为我吝啬，不愿意花钱，而是我想让孩子知道，这个世界上，喜欢的东西有很多，但不是喜欢就一定要拥有，一定要带回家。求而不得，也是有的，不能因为得不到，就觉得活不下去。还有就是，不能让孩子觉得想要什么动动嘴皮子就能得到。父母的钱，都是通过辛苦的努力换来的，不能随意浪费。想要得到更好的追求与目标，那么从现在开始，自己就要付出努力在学习上，这样，将来才有能力买自己想要的东西。我为的，不是眼下这件小事，而是长远的未来，她对人生的认识与考量。所以，女儿从来不会因为喜欢什么，我没给买，而闹个不停。

虽然我经常对她要求比较严苛，但我也会和她进行心灵上的交流与沟通。对任何一件事情，有什么想法，都可以和妈妈交流。有时候，她挨了我的批评，气得哭半天，我会告诉她，生活就是这样，没有那么多一帆风顺，也没有那么多理所当然。但不论遇到怎样的挫折和困难，都可以过得去，只要你够坚强。

舞蹈基本功做不到位，我就让她练了一遍又一遍，哭了一场又一场，直到汗流浃背，头发都湿了，她却发现自己原来真的可以通过努力做到。得到老师在全班的表扬后，她对我说的第一句话就是："妈妈，谢谢你对我的批评。"数学题总是犯同样的错误，我在讲解过后，让她多做练习。本来就做的不顺畅，做多了更是不乐意，但我依然是鼓励加批评，直到彻底掌握。她会开心地对我说："妈妈，谢谢你的严格要求，我终于战胜了它。"

点点滴滴，从小事做起，树立孩子的坚强独立，为的，只是有一天，他离开了父母的羽翼，依旧可以生活得很好。当然，我的教育也不是十全十美的，但我一直在有意地规划与摸索。很多认识我的妈妈们，都觉得我对孩子太严苛了，有时候简直就是一种狠心。

只是我觉得，大部分父母都太溺爱孩子了，但又太不会爱孩子了。父母们大多知道溺爱孩子有害，但却分不清什么是溺爱，更不了解自己家里有没有溺爱。"溺"，词典上解释为"淹没"的意思。人被水淹没了叫"溺毙"，如果父母的爱流横溢，那也会"淹没"孩子，这就是溺爱。溺爱是一种后患无穷的爱，它没有使孩子输在起跑线，却输在了终点线！

聪明的家长不是越俎代庖，剥夺孩子自己的成长能力的。你对他越是宠溺，越让他丧失感知能力，不懂得感恩，不懂得理解，不懂得承受，不懂得付出，不懂得珍惜，不懂得体谅。也许很多人，本来，养儿为防老，偏偏自己的孩子却只会啃老，还会在稍微遇到点儿挫折的时候就觉得全世界都欠了自己。

父母终究不能陪伴孩子一辈子，与其给他有限的滋养，不如授艺于如何让自己拥有滋养的能力。世界上数万种工作中，养儿育女是最重要、最具有挑战性的工作。

为人父母总是艰难与伟大同行，辛苦与幸福同在，世上歌颂这种亲情的文字俯拾皆是。但是，生孩子是一回事，爱孩子则是另外一回事了。爱孩子一旦被人类赋予了教育的因素，就变得不那么简单了，只凭父母对孩子的满腔热爱是远远不够的，还要掌握科学的理念，掌握爱孩子的艺术与学问，如果教育观念和方法不得当就会适得其反。

你把所有的一切，你的生命、财富、地位、时间、精力全部交给孩子，你的孩子也不见得终身幸福。你只有教会孩子如何做一个有价值的人，教孩子学会追求自己的目标，学会享受达到目标以后的幸福感和满足感，你才会有从容的晚年，孩子也才会收获成功的人生。

— 周全监护 尤其对待女儿 —

炎热的夏日,一对夫妇正在家享受空调带来的惬意,这时候,五岁的女儿却嚷嚷着非要出去玩儿。放假以来,孩子在家无聊,每天都要出去玩儿,妈妈就像是上班一样,不畏炎热,上午一次,下午一次。这不,下午妈妈感觉有点不舒服,就对孩子说:"这会儿太热了,而且每天都出去玩儿,今天下午就在家休息吧。"

女儿哭闹着不肯,这时候低头抠手机的爸爸说:"去吧,自己出去玩儿去吧。"

"怎么能让她自己出去玩儿?"女人有点不高兴地说。

"有什么不能的?我们小时候不都是自己出去玩儿吗?"

"那是我们小时候,现在能和我们小时候比吗?你出去看看,比你姑娘大的孩子都是有家人陪同的,哪有这么小就让自己出去玩儿的?"

女人的情绪开始激动了,她觉得这不仅仅是一句话的问题,更是一种观念一种思想的问题。没想到在一起生活这么多年,观念上的差距一下子就暴露无遗。别的事情或许都可以迁就，唯独在孩子的事情上，她的反应总是会比较强烈一些。

"都已经五岁了，有什么不能出去玩儿的？"

"你就是不愿意陪她出去哪怕玩儿一会儿，也应该让她留在家，而不是说让她自己出去玩儿。万一小孩子之间不小心打闹起来呢？万一有车不小心碰一下呢？一个人出去有那么多可能发生的意外，别人的孩子都有父母陪，我们的孩子为什么要一个人出去玩儿？不玩儿这一次能怎么样？为什么你就那么能冒的起这个险？别人养条狗都要牵着绳带着溜，何况是个孩子，万一有个什么突发情况怎么办？"

就这样，男人和女人吵了起来。

女人认为男人压根就不应该有这样的思想。男人却不觉得自己这思想有什么问题，何况自己小时候也是一个人出去玩儿大的，有什么关系？

故事讲到这里，我就想要发表一些自己的看法了。

前些日子我和一个朋友出门散步，闲话之间，无意中听到朋友说，小区不知道谁家的孩子，好像都已经上高中了，个头长的比她妈妈还高，但是每天上下学都看到她妈妈相跟着，尤其晚上的时候，放学她妈妈都会去接，都那么大了，还每天接。

当时，我只是听了一下，认为很正常。女孩子嘛，总是比男孩子要费心一些。现在的社会不同以前，就像外国的教育永远不那么适合于中国人一样，因为国情不一样嘛，所以很多相关的东西你不能断章取义、不能张冠李戴。

就像我和我弟弟，我长这么大，从来都不敢也没有轻易夜不归宿过。以前和爷爷奶奶生活在一起，过年的时候大家都要跑大年，村里面的孩子这个一伙儿，那个一群的，都是经常玩儿的小朋友，一到过年就可以不回家，在小朋友家轮流串门儿玩儿通宵，却只有我，十二点之前必须回家，回家后就别想再出去玩儿了。当时，我也曾不满，也曾争辩，为什么别人家的小朋友不论男孩儿女孩儿都可以玩儿通宵，大人也允许，为什么偏偏就我不能？多少年了年年如此我却年年不能。但家里人的态度很简单，不能就是不能，女孩子大晚上不回家终究是不好。所以我从来没有一次机会，和我童年的小伙伴任性一回，感受一下过年不回家玩儿通宵的快感。

但我弟弟就不一样了。

从初中十几岁开始，就可以聚会了，可以喝酒，可以去同学家过夜了，直到现在，父母基本上都是默许，你可以想去哪里去哪里，别说同城了，外地都可以。原因很简单，男孩子，操心少。

这里，并不是说有性别歧视，而是客观地说明，女孩子从某个角度上来讲，她就是一个弱势群体，就是比男孩子容易受到一些伤害，发生一些意外，我们就是要防患于未然，而不是经受血的教训了才想去亡羊补牢，补得起吗？

之前，我还在某新闻上看到一则消息，那日还讲给我朋友听。

一个12岁的小女孩儿，在自己家的小区，找了一个补课老师。每天晚饭过后都要去老师那边补一个小时的课。起先，孩子和老师不熟，每天去补课的时候，不是妈妈就是爸爸，总会有一个人陪着过去，再等着一起回来。后来时间长了，小女孩儿和老师也熟悉了，爸爸妈妈就觉得，反正就在小区里，都12岁的孩子了，让她自己去吧。

于是，有一天，偏巧小区有一家装修，来了几个工人。晚上做完工出来买烟，就看到了刚刚下课的小女孩儿，本来不是强奸杀人犯的两个工人，却在此刻，萌生了邪恶的念头。

他们把小女孩儿强行掳走之后，不仅对幼小的身体进行了奸污，甚至还残忍地杀害了她。

你能说她是十二岁的孩子了，行走于自家小区家长多操一份心就是多余的吗？你能说小的时候我们没有被拐卖没有被侵害现在我们的孩子就一样不会受到伤害吗？

前几天，我的一个初中同学，现在是一名警察，他在朋友圈发了一句话："想知道父母为什么不愿意让一个女孩儿去夜店玩耍吗？原因很简单，那就是哪怕你去夜店玩儿了一万次，但只要有那么一次你遇上了坏人，就足可以毁掉你这一辈子。"配图是一个裸体的女孩儿，正在被几个男人抓着拼命灌酒。

包括前面提到的朋友说小区那个每天接送高中女儿上下学的妈妈，我想这么热的天那妈妈也不是闲着没事干，怕比自己还高的女儿找不到回家的路吧？还是怕她一个人走那几步路孤独寂寞……

任何一个家长，都应该为孩子承担起足够的监护责任，何谓监护？何谓责任？

更何况一个五岁的孩子。

是的，她不出意外自然是极好的，可是万一呢？就在我刚刚带着孩子出去玩儿的时候，朋友就告诉我，操场踢球，那球飞出来，结果不偏不倚就砸在了一个正坐在球场外边聊天的年轻人头上，晕的半天都不敢动呢。幸亏是位年轻人，那如果是砸在孩子头上呢？

哪怕任何一点意外情况的发生，不仅孩子要遭罪，其监护人都有着不可推卸的责任。不论轻重大小，后果的承担是不是一种需要付出的代价，甚至是一种损失？就怕有些意外的发生，连损失都谈不起。到时候恐怕悔的肠子都青了，有意义吗？

作为家长，永远都不要忘了自己身负的监护责任，不要幸存那些你根本就承担不起后果的侥幸心理，如果你不赶紧扼制的话，总有一天它会带给你一生都承受不起的后果。

更不要忘记自己的孩子是个女孩儿。

从你生下她开始,你就应该要清楚地意识到,作为一个女孩儿的父母,在这样的一个社会,你要如何做到护她周全。不是说要你对她宠溺无度,而是要怎么样保证她的人身安全,方方面面,每一个阶段,那都是你不容懈怠的责任,更是你必须要警惕的操心。在她成长的道路上,宁可多余十二分,也不可少了一分。因为很多时候,就在你松懈的那一次,偏偏就是一些事情发生的恰好时机。

– 一个虎妈的清晨 –

早上七点,随着闹铃的一阵雀跃,她睁开整夜都没有睡好的双眼,一缕阳光,便明晃晃地铺满了房间。她摁掉了手机铃声,凌乱着头发,将衣服穿好,开始洗漱。

她的眼神,残留着夜色般的朦胧,她不明白,为什么昨夜整晚都半睡半醒,就像是那卧室的窗帘,半遮半掩中,总是透着刺眼的光,让人辗转反侧。

她将孩子上学要穿的衣服,一件件地放在熟睡的孩子身边,然后掐着时间想让她哪怕多睡一分钟。

七点半,她叫醒了孩子,起来穿衣服。

晚上不睡,早上不愿起床的孩子,同妈妈一样,凌乱着长发,慢慢吞吞,磨磨蹭蹭,一双透明带花的小丝袜,穿了十分钟都没穿上,非要说袜子拽不上脚后跟,还使着小性子。

眼看着就要迟到的虎妈,瞬间虎威爆发。

她是一个强迫症的女人。每天早上想好了几点出发,就必须在几点前出发，不然就容易上火。

生活中，有很多事情她都是这样。比如每天早上和每天晚上睡觉前，她都必须要把房间收拾得整整齐齐，打扫得干干净净，不然她会坐立不安；她的床，从来不喜欢有任何杂物，哪怕一件衣服，一个布娃娃，她都会嫌弃地丢到一边；她不能看到地板上有一个脏印，除非没看见，只要看见了就得立刻、马上去擦掉，不然她会浑身不自在；凡是她想好要做的事情，她必须要在规定的时间做成预期的样子，不然她就会表现出各种烦躁不安。

此刻，她看着女儿那耍赖不好好穿袜子的样子，她觉得那根本就不是袜子不好穿，而是女儿不想自己穿，耍着小心思等着妈妈来帮忙。

妈妈便偏不帮。她不喜欢女儿这种小心思，她认为这样会惯坏了她。越是这样，她这虎妈就越是要她自己穿，并且还要快点穿。半天穿不好，发飙是必然的。

她的火暴脾气，就像那散开在肩头的大长卷发，经过了一夜翻来覆去的摩擦，此刻，正炸开了锅。她噌噌地过去在女儿腿上拍了两巴掌，吓得女儿爬起来就跑，边跑边哭着说："妈妈你别生气，我穿我穿，我使劲儿穿……"

虎妈站在床边上，看着女儿那笨拙的样子，火气炙红了她的脸，她走到女儿身边，一把抓起女儿的小脚丫，蹭一下，袜子就拽上去了。然后就怒气冲冲地问女儿："穿上去没？为什么我一穿就穿上去了，你穿了一早上都没穿上去？到底是袜子穿不上去，还是你压根就没有用心穿？大清早的起来你就耍性子，知不知道你耽误了多少时间？我一大早就起来等着你了，结果还是要迟到，你好好给我说说，到底是袜子不好穿，还是你就不想自己穿？"

孩子哭着过来抱着妈妈的腿，委屈地抬起头说："是真的袜子不好穿，妈妈你别生气了。"

那梨花带雨的样子，满脸的泪珠就像内心的小委屈，就那样稀里哗啦落了一地。

这时候，虎妈心软了，摸摸孩子的小脑瓜说："好了好了，不哭了，赶紧走吧，不然去了学校连车都停不下又得迟到了。"

八点，送园高峰期，来到幼儿园附近，一条狭长的路，塞得水泄不通。眼看开饭时间已到，前面的车就像睡着了的蜗牛，一动不动。急性子的虎妈，按了按喇叭，示意前面的车快点挪动，后面送孩子的车都排成长龙了。

就在虎妈着急的恨不得车子能飞起来的时候，一个陌生的带着一个小女孩的女人，敲着她的车窗。她打开车窗玻璃，那女人对她说："你也是送孩子吧？要迟到了，要不我帮你带进去吧。我家孩子是四班的，你家孩子是哪个班的？这车堵得半天走不了，这个时候连个停车位都找不下的，我每次遇到这种情况的时候都是让别人先把孩子带进去的，我帮你一起送进去吧，你先停车去。"

是啊，别人家连送个孩子都是两个人，一个人开车，堵得走不通的时候另一个人就下车先把孩子送进去，而她，只有自己，别说一个孩子了，就是再有十个，也只有自己。

此时的虎妈，真是虎了，她居然没有经过一刻的思考，就告诉那个女人，女儿在二班，并且就这样同意把孩子交给眼前这个陌生的女人，让她先帮忙把孩子送进去。

看着女儿跟着陌生的女人朝前面几米处的校园走去，虎妈突然后悔了。她的脑海里出现了各种让她害怕的结果：女儿就这样再也找不到了，她把女儿带着带着直接就消失了，到时候，那可怎么办？

于是，她拼命地在拥挤的小区前行，把车停在一个勉强能停下的地方，拔腿就跑。

三楼，她穿着一步裙，背着双肩背包，一口气狂奔上去，径直跑到女儿的教室门口。她看到了女儿小小的身影，徘徊在教室内侧门口，她总算松了一口气，不到五分钟的时间，就让她觉得自己腿脚发软，心跳加速。她喊了一下女儿的名字，女儿回头看见气喘吁吁的妈妈，嘟着小嘴，一脸想哭的样子。

她扑过去将女儿紧紧地抱起来，亲着女儿的小脸说："吓死妈妈了，是那个阿姨送你过来的吗？妈妈今天真是糊涂了，刚才太危险了，万一她把你带走了，妈妈要怎么办？以后咱再也不能这样了，迟到就迟到，绝对不能跟着别人就走了，这是一件多么危险的事情，都吓死妈妈了。"

女儿娇嗔地伏在妈妈肩头，轻轻地应着。这时候班主任过来了，拍着虎妈的肩膀笑着说："送来了就放心地走吧，不然孩子都不想留下了，赶紧让孩子吃饭去。"

虎妈这才放下怀中的女儿，女儿乖乖地跑进去坐在桌前，还不忘不舍地回头看着妈妈。

看着女儿不太高兴的小模样，此时的虎妈，心情是多么的复杂。怪自己，脾气太急了，不就是一只袜子吗，帮孩子穿一下又能怎么样？大清早的就给孩子一顿教训。

所谓母子之情，最大的感动就在于，无论妈妈怎么样让孩子受了委屈，孩子依旧不怨不恨，满眼的泪水，还义无反顾地扑向妈妈的怀抱，只要感觉妈妈依旧爱自己，就心满意足。

她知道，自己是一个十足的虎妈。很多时候的严厉，不是不爱，是爱得太过深沉厚重。她恨不得把孩子锻炼的样样强悍，不为自己轻松，只是希望在自己不能 24 小时陪伴她的每一刻，她都能坚强独立地把自己照顾好，保护好。

她承认今天她做了一件有生以来最虎的事情，向来安全意识十分强烈的她，今天怎么就会把孩子交给一个自己根本不认识的女人，让她帮忙送进幼儿园？对于这件事，她强烈的懊悔，幸亏不是坏人，不然她要怎么办？

路过幼儿园小班的时候，看到一个个更加幼小的孩子，他们有的在妈妈怀里撕扯着妈妈的衣服不愿撒手；有的站在教室门口嘴里声声地喊着妈妈，幼儿的哭声此起彼伏，就像妈妈与孩子之间的感情，掺着不舍，夹着眷恋，在空气中蔓延。那一颗颗幼小的心灵，挣扎着，抗拒着，为的，只要想要和那个叫作妈妈的人在一起，天天在一起，时时在一起，不厌不倦，只要在一起。

突然，虎妈的鼻子一酸，眼眶就湿润了。

爱，是一种复杂的心情，是一种酸甜苦辣的交织，更是一种五味杂陈的感触。

宠溺是一种爱；严苛是一种爱；斥责过后的心疼更是一种爱。虎妈觉得，间于宠溺与严苛之间的爱，是一种虐心。她也想做一个仁慈的妈妈，就像很多家长一样，对孩子千依百顺，百般温柔。可是她知道，她不能陪伴孩子一辈子，温室里长大的花儿，怎么能经受得起风雨相摧？只有自身的强大，才能走出坦途。可是她也会心疼，那种严苛过后的心疼，是一种虐心，她常常被虐得泪流满面，但依旧坚持。

她是虎妈，一个看上去冷酷无情的虎妈。

但其实，她并不是真正无情，天知道她有多爱女儿，爱的深沉，爱的厚重，爱的悠长而永远……